机器如何学会写作

给人工智能的文学理论

Dennis Yi Tenen

[美] 丹尼斯·伊·特南 / 著　耿弘明 / 译

中国出版集团　東方出版中心

目　录

第一章

智能作为隐喻（一个引言）

计算机热爱阅读。而且不仅仅是像睡前读点小说那么 1
简单。它们如饥似渴地阅读：所有的文献，横跨所有时代——小说，百科全书，学术文章，私人信息，广告，情书，新闻报道，仇恨言论，犯罪报告——一切被写下并传输的东西，无论多么微不足道，它都读。

这些被计算机摄取的印刷材料，包含了人类智慧，也包含了人类情感的混乱——其中，真信息和假信息并置，事实和隐喻杂糅。当我们在修铁路、打仗、网上淘鞋子时，计算机这个家伙则上学读书去了。

如今，文学计算机在各个角落默默记录，为搜索引擎、推荐系统和客户服务聊天机器人提供动力。它们在社交网络上标记冒犯性内容，从我们的收件箱中删除垃圾邮件。在医院，它们帮助把病人和医生的对话转化为保险的计费代码。有时，它们会向执法机构报告可能的恐怖主义阴谋，并预测（虽然准确度不高）社交媒体上的暴力威胁。法律专业人士用它们来隐藏或发现公司欺诈的证据。
2 学生在智能文字处理器的帮助下写出他们的下一篇学校论
文，这个处理器不但能完成句子，而且能生成关于任何主
题的整篇文章。

在工业时代，自动化首先蚕食了鞋匠和工厂流水线工人的工作。今天，它已经逐步替代了作家、教授、医生和律师。现在，所有的人类活动都通过计算渠道进行——甚至环卫工作者也用这渠道将废弃物转化为数据。不管你喜不喜欢，我们都已经成为自动化的对象。要完好无损地生存下去，我们必须学会成为一部分的软件工程师——一部分就行……那么无论你做什么，都会很棒！

如果以上任何内容让你感到惊讶，那么我认为，我的任务已基本完成。你的好奇心被激发，你现在会开始注意到文学机器人无处不在，并和我一起思考它们的起源。那些没有感到惊讶的人，可能错误地相信，这些硅基生命体只是最近在计算机科学或软件工程领域学会了聊天。我在这里告诉你，机器在这方面变得聪明已有好几个世纪了，早在计算机之前，它们在更神秘的领域——如修辞学、语言学、解释学、文学理论、符号学和文献学——就取得了进步。

为了让我们能听到它们的声音——阅读和理解机器文本构成的庞大图书馆——我想介绍几个支撑文学计算机普通魔法的基本思想。隐藏在日常设备电路深处——是的，

甚至在“智能”灯泡和冰箱中——我们会发现一些尚未命名其体裁的“微型诗”，到本书结束，我希望你能用新眼光来看待这项技术，它不仅具有实用的功能（如保持食物冷或提供光），还有创造和协作的潜力。

在整个过程中，我们会忍不住问关于人工智能事物的
本体论问题。它们有多聪明？它们真的“思考”或“理解” 3
我们的语言吗？它们将来会——或者已经——变得有意识吗？

这样的问题无法回答（至少按照这种问法），因为意识的范畴源自人类的经验。要理解不同于人类的生命形式，我们必须用不同于人类的方式思考。我们可以开始描述智能的含义如何持续演化，而不是争论定义（它们聪明还是不聪明？）。

不久前，让自己显得聪明的一种方式是记住一堆晦涩的事实——成为一部行走的百科全书。今天，那种知识习得方式似乎是在浪费宝贵的精神空间。庞大的在线人类知识数据库使得有效的搜索习惯比死记硬背更重要。智能在演化。因此，不能通过明确的、二元的属性来拼凑出其本质的谜团，这些属性也不总是以同样的方式出现：机器能否思考，是或否？相反，我们应当在特定的时间和地点，从演化中的共享能力的角度来拼凑这些碎片：“它们如何思考？”“我们如何和它们一起思考？”，以及“这如何改变思考的含义？”。

在回答“如何”这个问题时，我们将发现一个奇特的“共生历史”，跨越艺术和科学。几个世纪以来，人们一直在以这种方式思考——与机器一同思考，也让机器以我们的方式思考。思想、手和工具协同运作。但是我们训练思想、手或工具的方式却将它们当作完全独立的附属部分，位于不同的建筑物中，位于大学校园的不相关领域中。这样的教育模式分离了结果与手段，剥夺了公众的权力。在
4 这本书中，我希望能设想一个更为综合的课程，提供给诗人和工程师——最终，也提供给机器读者，作为另一个训练语料库的一部分。

下次你拿起一个“智能”设备，比如一本书或一部手机，使用过程中暂停一下，反思你的身体姿势。你可能正在观看视频或写电子邮件。思维在运作，需要像感知和解释这样的精神力量。但是手也在动，使身体和技术协调运动。注意你的智能的姿势——你头部的倾斜，单个手指的移动，按下按钮或以特定的方式指向，感受屏幕的玻璃、纸张的粗糙，翻页和滑动。这样的物理仪式——体现出思想、身体和工具的咒语——带来了智能的人造物。整个事情才是那个“它”（智能）。这就是问题的核心：思考发生在心智中，通过手，使用工具——并通过扩展，得到他人的帮助。思想通过心智力量，与物理、工具和社会一起运作。

在这一链条中，自然与人造的区别在哪里？自然智能是否在我独自默默思考时结束？使用笔记本或打电话给朋

友寻求建议呢？去图书馆或查阅百科全书呢？或者和机器对话呢？似乎没有一条边界令人信服。智能要求技巧，韦氏词典将智能定义为“熟练运用理性”。“artifice”（人造），来自拉丁文 ars 和 facere，前者意味着熟练的工作，后者意味着“制作”。因此，换种说法，人工智能意味着“理性加上技巧”。这里没有明确的边界，只有人与其扩展物的协同。

那么，智能物体呢？早上刚醒来，我伸个懒腰，同时伸手去拿手机：查看日程，阅读新闻，沐浴在各种社交应
用点赞、心形标记和喜欢的微弱光芒中。我是如何落入这 5
种状态的，我问自己，就像卡夫卡《变形记》中的甲壳虫那样。是谁教我这样行动的？

其实并没有计划，我们也并不是生活在自然栖息地的古老森林里的甲壳虫。日常习惯会随着环境的变化自然演变。我们居住在精心设计的空间中，其中包含有目的生活的指引。房间暗示：这里用餐，那里休息；床似乎在说：这样躺在我上面；屏幕似乎在说：这样握着我。智能物体会根据我们的输入而变化。为了做到这一点，它们必须能够交流：包含一层书面指令。在我手指的轻触与屏幕上响应的像素之间的某处，有一个算法记录了我对早晨的习惯的偏好。我是输入和输出：工具在塑造我的同时也在不断演化。于是，我又回到床上。

这本书的各章节对应于我认为我们对人工智能总体认

识中的三大盲区。首先，我将论证：我们对人工智能的理解可以且必须更加根植于人文学科的历史。其次，软件工程教育必然涉及一些无法逃避的哲学问题，这些问题看似书呆子气实则引人入胜，它们都与文本密切相关。最后，我建议将 AI 视为更广泛的社会和政治动态的一部分，这些动态更普遍地源于劳动的自动化，特别是任何涉及书面的东西，比如“知识工作”。

历史将始终是我首要且核心的关注。在这里请自行插入一句关于“忘记过去将损害未来”的聪明话。任何像计
6 算机科学这样快速发展的领域，可以因为面向未来而忽略历史被原谅，但这种忽略历史的宽容不会持续太久。诚然，人们可以轻松学会快速打字或编写电子表格宏而无须深思。然而，请反思我们在控制我们所有笨拙、贫乏的数字化身时所遭遇的巨大挫折。你要我在哪里保存什么？文件？文件夹？服务器？云？隐喻的无处不在暗示着我们集体异化程度之深。什么是文件？文件夹又是什么？为什么要叫这个名字？谁想到把正好八个比特放入一个字节，为什么不是九位？一个按键如何变成屏幕上的一组像素，从而形成一个字母？请解释一个常用的搜索算法，完成打字时的句子，过滤垃圾邮件，或者推荐产品。这样的问题因为“对计算机科学来说过于简单”，而对基础文化素养来说又过于复杂，所以不被认真考虑。

首先，为什么要研究历史呢？我们完全可以从当下最

先进的技术现状直接跳到未来。不过，要画出一条线，至少需要两个点。历史的优势就在于它能揭示随时间变化的轨迹。人工智能乃至“人工”或“智能”这一概念（甚至包括烤面包机），都代表了一组相关的事物、观念、技术、实践和机构。一张静态快照可以展示它们的三维结构——这就是现代烤面包机的工作原理，以及今天人们思考的方式。历史则将这些安排扩展到时间的第四维度。就像任何技术一样，人的思维方式也会随着时间变化。虽然大脑的“硬件”结构保持不变，但“软件”会定期更新：那些百科全书、计算器、搜索工具和其他智能设备，它们增强了我们的推理能力。

然而，这部 AI 的历史不应该与最近在未来主义者和颠覆式创业家中流行的隐秘的新黑格尔主义思想扯上关系，他们相信某种形式的目的论“事件视界”，人类将在 7
那个视界之后达到后人类奇点（所有挑战都被应对，所有竞争者都被超越，所有障碍都被克服）。这样的奇点听起来既可鄙又恐怖——我不确定人类还能否在其中生存下来。历史不能被人格化。它并未领导我们走向救赎。它并没有目标，除非是我们自己赋予它的。

从一个不那么世界末日的角度来看，历史允许我们进行推测。它帮助我们预见行进方向的变化。没有历史，我们的理想和政策就缺乏足够的远见来做好充分准备，必要时也无法改变方向。没有历史，社会注定要长期与技术带来的副作用作斗争，比如污染和城市扩张，不久的将来——如果不是已经的话——还有 AI。

历史最终使我们成为更好的工程师和技术用户。任何复杂的小玩意儿都包含着一些偶发性，这些偶发性在今天看来没有意义，因为它们是通过与过去的限制妥协得来的。

例如，现代英语键盘的布局 QWERTY，之所以这样排列，是为了减慢打字速度，以避免打字机卡住。同样，按照惯例，八个比特（bits）构成一个字节。数字八并没有什么特别的意义。这个随意设定的长度一直让我困惑，直到我了解到早期的电报系统也试验过变长编码，比如摩斯电码，它可以有一到五个比特，以及固定编码，像五比特的波多码（Baudot code），这源自 17 世纪初弗朗西斯·培根等人提出的早期密码术。后来电报使用的线性打孔纸带
8 可以被随意分割成任意长度的一串孔。恰好，早期的人口普查制表机器，以及后来 IBM 使用的矩形打孔卡，在七十到八十列的行堆叠中，物理上容不下超过八个字符。八比特字节的惯例就一直延续了下来，尽管磁带和后来的硬盘驱动器媒介不再受这些限制。纸板的物理属性因此继续影响现代计算机的设计。通过想象纸板上打的孔，抽象又陌生的比特概念对我来说变得具体了。最近去吉尔吉斯斯坦的时候，一位友好的图书管理员送了我一张 1977 年苏联计算机使用的打孔卡。我现在把它当作书签，但那些整齐排

列的孔洞仍然帮助我将“字节”这个难以捉摸的概念，想象成一个具体可感的物体。

历史为这些继承下来的结构赋予意义。通过追踪技术的演变，我们能够理解遗留的技术债务。所谓“创新”意味着识别出哪些设计遗产是必要的，哪些可以被丢弃或改进。没有历史，现在就会变得不可改变，滑入正统观念（“它就是这样”）。历史的里程碑标志着通往可能未来的道路。

有时候，即使是我最优秀的数据科学学生，也会在基本的文件操作中遇到困难，这是可以接受的。相信自己，丹尼斯！如果我不完全理解写作的原理，我怎么能认为自己是受过教育的呢？仅仅一个技术性的答案也不够。“写作的原理”不能仅仅归结为当前的技术时刻，因为那个时刻会很快过去。相反，写作的“意义”是在历史发展过程中逐渐形成的，这一过程包括了心智、身体、
工具、电路、比特、门等的具体组合。像固态存储器（屏 9
幕上文字背后的量子闪烁）这样的晦涩技术概念，只有通过特定的谱系才能获得意义：从纸带电报到打孔卡，再到你手掌中静静闪烁的“与非”门。

至少，抹除这些现实会阻碍智力的成长。优秀的工程师需要历史，因为他们的教育进步可以跟随其学科主题的逐步发展。历史能带来深刻的理解，因为它阐释了事物为何以及如何成为现在的样子。没有历史，我们就

会被动地继承一堆毫无意义的事实：事情就是事情本身的样子。

通晓工程学的诗人们同样能够理解写作本质中的一些至关重要的东西（如果你想要更学术化，可以说是符号、标志、铭文、表征）。从这个角度来看，写作机器可以被视为一个长久而神秘传统的顶峰：起初，有字母。然后，出现了一个字节来编码八个比特，因为八个比特足以代表一个字符。字符在字符串中形成单词和命令。这个字符串吞噬了自己的尾巴，并学会了自我重写。这是自创生的早期阶段，即自我写作的写作。我们今天教授的文学史，也只是更大叙事线索中的一个片段。它的持续发展必须包括文字的使用者。

历史的每一次转动都带来了奇迹，但很快这些奇迹又变得平淡无奇。谁还记得 9 世纪的波斯数学家穆罕默德·伊本·穆萨·花拉子米（Muhammed ibn Musa al-Khwarizmi），他的算法至今仍伴随着我们？又有多少人知道 13 世纪的马略卡岛修士拉蒙·卢尔（Ramon Llull），他研究了修辞组合，是否用他的旋转纸盘图表发明了最早的聊天机器人之一？或者，它们的起源是否为古代的占卜图表，如伟大的中世纪历史学家伊本·赫勒敦（Ibn Khaldun）描述的 zairajah，或者是中国西周时期形成的《易经》？

10 我可以告诉你，卢尔（Llull，发音为 yooy）启发了弗朗西斯·培根和戈特弗里德·莱布尼茨提出各自的二进制密码系统，这种系统也受到了中国传统的影响吗？那么17世纪德国巴洛克诗人的奇观柜（Wunderkammern）呢？这些充满好奇的抽屉柜——字面意思是家具——能以任何排列方式拉动，产生美妙的音乐和诗歌，给观众带来愉悦和恐惧。语言机器的悠久传统也包括约翰·威尔金斯（John Wilkins）的《迈向真实字符及哲学语言的论文》（*An Essay Towards a Real Character, and a Philosophical Language*）。这本书写于1668年，构想了一种新的写作系统，它将作为一种翻译协议，在文化、商业利益和宗教之间发挥作用。后来，当代人工智能的核心——马尔可夫链（Markov chain）的数学概念——也是从一篇关于普希金诗歌的论文中发展出来的。

这些现在被遗忘的遗迹仍然存在于当代计算技术的背景中。稍后，我们将有机会拔出其中的一些——断开连接捧在手中端详，看看整个事物是如何组合在一起的。

在写这本书的过程中，我惊讶地发现计算的历史充满了文学谜题。但要看到这个共同的过去，也意味着要认识到它改变的未来。技术持续重塑着人类对文字的关系。今天研究AI的历史，就是要超越熟悉的范畴，如事实或虚构，甚至科学和人文、艺术和技术。相反，我们的线索引向一个完全独立的象征艺术分支，这一分支正大规模地运作于知识劳动的车间，遍及众多行业。在这里，我

们可以找到由世界上最大的军事承包商之一麻省理工学院
林肯实验室（MITRE Corporation）制作的故事，它们深
藏在冷战时代的导弹防御系统中；遇到由飞机编写的童
11 话，作为波音公司自动化其事件报告系统的努力的一部
分；或者访问支持日常搜索引擎推荐的“向量空间”。这
些文本属于哪种体裁？我们应该在哪个书架上归档它们？
我们如何阅读这些根本就不适合人类消费的东西？

人工智能的进步显然也涉及诸多开放性的形而上学问题。在这些问题中，我想要强调一部分与我的专业相关：文学、诗学、语言学、文本研究、铭文和咒语的研究，等等——今天这些都是真正的神秘艺术。

其实这也不那么神秘，尽管现在人们阅读被标记为“文学”的东西变少了，但他们消费的文学内容却比以往任何时候都多。文本在数字世界中穿梭，将其缝合在一起。它结合并界定了所谓的人工智能，就像百科全书或图书馆包含了人类知识的总和。搜索引擎或聊天机器人只是外部的装饰，覆盖在内部的复杂性之上。

所有有组织的人类活动的背后，都显现出一部分文本作品。我并不是要说所有事物都是文本。对于文学学者来说，只有通过铭文的透镜，世界才真正变得可见。例如，与你的医生不同，我对身体知之甚少，甚至感到不适。对于医生来说，患者首先是一个活体，但在医院里，患者并非仅仅如此：患者的病史（一个故事）可能

被记录下来，以补充医生的笔记。他们的咨询记录会被
转录并编码为数字文件。它将在不同的系统之间进行翻
译，以多种格式存在。它将被删除、编辑、压缩、处理并
挖掘缺失的可计费代码。这些记录将被买卖，用来训练
未来的自动诊断机器人。它将被总结、编目、标记并存 12
档以供后续使用。在某种意义上，身体（拉丁语 corpus
的字面意思）已被转化为英语中的 corpus，即比喻意义上
的文本记录的集合。

在这场繁复转化中，充满了自动化、人工化和其他形式的智能劳动。但医生和医院管理员可能并不这么看。虽然从患者身体到患者记录的转变直接影响健康结果（以及医院的财务状况），但它在多个遗留的旧系统中漫无目的地漫游，没有引导。在这里，眼光敏锐的奥秘探索者可能会发现一个有价值的谜题：终于，对那些已经研究过这类事物的人来说，这是一个谜题，比如语料库和分类学，版本和编辑，目录、摘要、翻译和档案——一个丰富的文本宝藏！

在这里，我们将通过铭文的透镜观察人工智能的历史。历史告诉我们，计算机不但在数学意义上进行计算，而且在全方位上进行计算。数字对符号来说是偶然的。早在 19 世纪 40 年代，埃达·洛夫莱斯（Ada Lovelace），拜伦勋爵的女儿，也是最早的“程序员”之一，就设想了一种可以操纵任何符号信息的引擎（不仅仅是数字）。

一个世纪后，图灵扩展了这个蓝图，设想了一种“通用机器”，能够从无限的字符串中读取和写入。居住在我们家中的图灵和洛夫莱斯的后代，因此成了专家级的通用符号操纵者。他们之所以聪明，是因为他们能够解释抽象变量，包含值，表达一切事物。

13 现代机器能够阅读和写作。因为它们掌握了语言，我们很容易想象它们能够执行更高级的功能，比如同情或感知。但是，机器如何从处理无生命的文本材料发展到生动的语言？为什么它们似乎能超越自身的程序设定去讲笑话、进行复杂的逻辑推理或写诗？

隐喻是它们慢慢觉醒的关键。代数值可以承载人类的价值。X = Y 将两个变量实体排列成熟悉的关系。X 也可以被赋予像“猫”或“狗”这样的概念，或像“打电话回家”“订购牛奶”的动作。操纵符号的艺术导向了一场隐喻的游戏，其中某些铭文或手势代表其他东西。孩子、间谍和诗人都喜欢玩这样的游戏。当我（沿用莎士比亚的说法）称夜晚为“浓重的”（thick），意味着它特别黑暗、潮湿、令人充满期待。隐喻将大量意义压缩成一个紧凑的表达载体。同样，机器正是通过“逐渐升高，穿越层层旋转的隐喻”［感谢温弗里德·乔治·塞巴尔德（Winfried Georg Sebald）！］变得聪明，从它的无生命硬件组件中脱颖而出，指向我们关切的事情，如标记冒犯的内容、删除垃圾邮件，或买双鞋子。

关切也是一种价值。但机器能否从简单的数值，如 X 与 Y，飞跃（或是爬行）到复杂的价值，如关心、公平、自由或正义？读者，你是人类吗？你内心是否有所思？机器能思考吗，还是在逗我玩呢？

在本书中，我们将充分探讨各种文本哲学方面的内
容。在结论部分，我们会转向一些实际的议题，包括政
治、经济以及个人心理层面的考虑。插入一句关于社会
利益、职业选择、生产手段和创造力未来的明智而简洁 14
的格言。也就是“那又怎样？”部分——我的生活将如何
改变，又该做些什么？

如果我可以剧透，直接揭示结论，那么人类的错误就在于，曾经设想智能是一种私人化的非凡成就。思考和写作发生在时间中，在与众多声音的对话中完成。矛盾的是，我们通过相互模仿和变奏来创造新艺术。受训练于几乎“所有出版物”，人工智能不过是为这种协作行为赋予另一种表达方式。正如我们将看到的，它不仅仅代表一件事物，而是多种事物：一个会说话的图书馆、一个隐喻、一个拟人化合唱。如果我们称它为“智能”，那么它的智能类似于集体智能。它像一个家庭那样记忆，像一个国家那样思考，像一个公司那样理解。

想一想自动驾驶汽车的情况。一辆汽车由许多相互连接的子系统组成，包括动力传动系统、悬挂系统、制动系统、转向系统和驾驶舱控制等。现代汽车还配备了

众多传感器，这些传感器能监测从车速到环境温度以及驾驶员警觉性的各种数据。许多这类子系统本身就展现出了智能。以非常普通的“自动变速器”为例，之所以称其为“自动”，是因为它能将驾驶员的重要决策自动化，这与旧技术不同。这种技术实际上非常聪明！与手动变速器不同，大多数自动变速器不允许驾驶员进行危险操作，例如在高速行驶中倒车（无论如何，请不要尝试这样做）。在下坡行驶时，自动变速器甚至会自动降低挡位，以提高刹车性能。在恶劣天气下，它还可以减少对车轮的动力输出，增强驾驶安全。如今，这项不起眼的技术的表现已超过大多数人类驾驶员。

自动变速器已经存在超过一个世纪，并在 20 世纪 60 年代变得更普及。想象一下，你第一次驾驶一辆装有自动变速器的汽车，那一定是一次非凡的体验，它提供了一种使驾驶变得更简单、更安全和更易于普及的技术。你可能会感叹：“多么具有人工智能啊！”

我知道，从未有人这样表达过，那一抹曾经的魔法也已然消逝。你或许还记得，不久前你对自己汽车的全球定位系统（GPS）感到惊叹——仿佛我们是在群星的指引下驾驶！还有倒车摄像头和自动泊车功能——多么奇妙！汽车制造商正朝着“第五级：全自动驾驶”的目标前进，这一级别涉及“持续且无条件的性能，无须用户介入”（正如 2018 年 6 月 J3016 标准惯例所述）。而昨日那些令人称奇的自动化功能，如今已属于第一级“驾驶辅助”，仅限于特定的“操作设计领域”，与巡航控制、自适应悬挂和自动雨刷并列。

正如上面的例子所示，智能化在一个连续谱上发展，从“部分辅助”到“全自动化”。许多日常任务甚至比城市驾驶更简单，已经在这个范围内被自动化。例如，普通的厨房烤面包机，只需要放入面包即可。用户只需启动设备并享用其美味的成果。这项任务所需的程序（算法）一开始并不复杂：放下面包，加热，弹出。按照汽车标准，我们的烤面包机可能已经达到了第五级自动化，或至少是第四级，在厨房的特定环境下自动完成所有烤制任务，只在偶尔发生故障时需要人为干预。希望不久的将来，它们能取得更大的成就，比如通过手机发送烧焦的面包照片。

诚然，我对汽车或烤面包机并不了解。相反，我对
幕后那个小小的虚构人物的出现更感兴趣。例如，为什 16
么自动变速器看起来像是一个无聊的工具，而一个新药研发的算法却被亨利·基辛格（Henry Kissinger）描述为“精通其主题”“能够设计新策略”，甚至“发现人类未曾检测到或可能无法检测到的现实方面”？[1] 一个简单的工

① Henry A. Kissinger, Eric Schmidt, and Daniel Huttenlocher, *The Age of AI: And Our Human Future* (New York: Little, Brown, 2021), 11 - 14.

具如何移动到句子的主语位置——在这个位置上，它能够检测、设计和掌握——从而获得行动主体感和内在性？

许多智能物体并没有获得被这样描述的机会。相反，一些较不复杂的设备却容易引起人们的想象。精明的市场营销专家知道，自动驾驶汽车和智能家居是吸引人的话题，而自动变速器和烤面包机则不是。智能在达到某个临界点后，似乎自然而然地发生了涌现现象，智慧有时会突然涌现，并带动了更难以捉摸的丝线——感知、意识和良知。

离开了厨房与汽车硬件的世界，我重新关注特定的文本技术，包括聊天机器人、机器翻译、命名实体提取器、自动文本摘要器、语音识别器、垃圾邮件过滤器、搜索引擎、拼写检查器、分类器、自动标签器、句子自动完成工具和故事生成器。同时，我们也不应忘记，所谓的“人工智能”还包括其他非语言技术，从天气预测模型到新药研发算法、机器人技术和图像分类器等。

能聊天的机器人以一种特别令人满意的方式给我们留下了深刻印象，这可能是因为语言总是暗示着一种世界观（或者说是一种思维？）。现代的聊天机器人并不真正包含心灵。或者说，它们是通过一种与人类大脑类似的模糊、松散的比喻来表达思维。然而，虽然对世界了解不多，但它们仍能合成信息、回答问题，甚至撰写高校科研级别的论文。

这种障眼法如何形成，又为何会形成？一旦智能被 17
视为一道光谱，渗透于人类生活的方方面面，我们就可着手解构其集体“心智”发展的隐喻——按照阶段及其关键节点来理解它。在语言领域，我们可以从完全自动化的文本生成器这条路径，回溯到像拼写检查和自动单词完形这样的熟悉工具，甚至长期以来的历史实践和算法。

在这些铺垫激发出足够的兴趣之后，我现在准备讨论文本技术的历史纠葛。顺便说一句，不要太关注那些开拓者或里程碑的形象。谁先谁后做了什么并不重要，而且通常会误导我们。阿尔·戈尔（Al Gore）并没有发明互联网。想法变成实体需要巨大的努力，并经由多条并行路径反复迭代。因此，我在接下来的章节中为您挑选的几条长线索仅仅是趋势的代表。每一条都有其独特的轨迹——一种魔法咒语——我们可以一起追溯并背诵它。

第二章

文字魔法

轮盘

18 我先来透露一个小秘密。在几种斯拉夫语言中，"Koldun"（巫师）这个词，很可能源于一位杰出的中世纪（14 世纪）学者的名字，阿卜杜勒-拉赫曼·伊本·穆罕默德·伊本·赫勒敦·哈德拉米——哈德拉姆的永生之子，或简称为伊本·赫勒敦。在那部堪称史诗的世界史著作《穆卡迪玛》或《历史绪论》中[①]，他记载了 zairajah——"一种用于发现超自然现象的非凡技术程序"：

> 他们所使用的 zairajah，其形式是一个大圆，里面套有其他同心圆，代表着天球、元素、被创造之物、灵性事物以及其他类型的存在和科学。每个圆都分成

① Ibn Khaldun, *The Muqaddimah*, trans. Franz Rozenthal, vol. 1 of 3 (Princeton, NJ: Princeton University Press, 1958), 238 - 45.

> 几个扇区，这些扇区代表着黄道星座、元素或其他事物。划分各扇区的线条则伸向圆心，被称为弦。沿着
> 每条弦，排列着一系列具有约定数值的字母……在 19
> zairajah 的内圈之间，填写着各种科学话题和神创造的世界中的话题的名称。在装有圆圈的那页纸的背面，是一个横向有 55 格、纵向有 131 格的表格。一些格子内填满了数字和字母，别处则为空白。

赫勒敦继续描述了一些此类装置，为我们展示了它们的“非凡技术”。简言之，一个博学的占卜师会把一个问题记下来，并把其中的字母转换为数字。接着，根据一些复杂的图表，以及“众所周知的规则”和“熟悉的程序”，这些数字会再转换回字母。通过若干次这样的计算“循环”，最终，会得到一个缩短的字母串，此串字母可以进一步扩展成一个押韵的答案。伊本·赫勒敦解释说，经过适当的训练，zairajah 能够基于已知获得“未知的知识”，从而增强智力的“类比推理能力”。

虽然赫勒敦对这个装置充满热情，但他同样明白其局限。zairajah 揭示的是问题本身隐含的类比，这是通过一个“字母排列”与另一个“字母排列”的关系实现的。无论如何组合文字，都无法确保“文字与外部世界（的事物）相符”。伊本·赫勒敦写道：“我们见过许多杰出人物，急于（寻求）超自然的发现——他们认为问题和答案的形式一致

性反映了实际的一致性。这种想法并不正确。”[①] 答案实际上揭示的是语言本身的逻辑。[②] 真理的价值则在语言之外。
20 zairajah 给出的答案“仍然是神秘的”，需要进一步的验证。“人们不该认为，能够仅凭逻辑推理来掌握文字的奥秘，”伊本·赫勒敦坚称，“掌握它们，要靠天启和神助。”[③]

为了说明这一点，并向你展示 14 世纪人工智能的表现，赫勒敦对 zairajah 提出了一个自指问题（这类问题在今天也很典型）。他提问道：“我们想知道，zairajah 是现代科学，还是古老的科学？”接着，这个问题被分解成 93 条弦，在轮盘上经历了 12 个循环的计算过程，作者用了好几页手稿，才详细阐述了这个过程，最终，它得到了这样一个押韵的答案：“圣灵即将不见，秘密已然发现/传给易德里斯，通过它，攀至最高山巅。”[④]

那么，我们这些整天网购的现代人，对赫勒敦所谓的古代“文字魔法”该作何感想呢？这里有几点观察可以分享。

首先，这的确令人印象深刻！虽然这种方法难以理解，但它还是产生了一个合理的、富有智慧的回答。人们可能会怀疑，其中有一些精心挑选的、随意摆布的成分，

① Khaldun, Muqaddimah, 1:242.
② Khaldun, Muqaddimah, 1:245
③ Khaldun, Muqaddimah, 3:174.
④ Khaldun, Muqaddimah, 3:213.

但实际上，即使是在七个世纪后的今天，人工智能也常常如此做啊。从 ELIZA——那个著名的聊天机器人治疗师，旨在证明愚弄人类有多容易，到《警察的胡子长了一半》（*The Policeman's Beard is Half Constructed*）——一本当时看似开创性的算法诗歌集，学者经常从大量无用的冗长话语中，挑选出少数几段聪明灵动的文本。

其次，哇，这些技术真是古老！所记录的装置，代表了中世纪阿拉伯世界中存在的各种占卜技术，而这些技术 21
在古代就有，其起源可追溯至希腊、中国、埃及和苏美尔。文本生成器原来和字母本身一样古老。

第三点——好吧，现在来深入一些细节——我们发现，从已知最早的文字魔法的使用来看，它承诺能揭示语言本身固有的逻辑，仿佛是通向“来之不易”的科学知识的捷径（用中世纪的学术术语来说，即“异象”和“揭示”）。因为，各种使用文字的民族，都将他们的文字传统视为神圣，对文字的程序化操纵即便不是直接被等同于神性，也总与魔法密切相关。

现代 AI 系统在讨论诸如意识、创造力乃至——赫勒敦所不愿见之事——奇点（AI 超越其人类起源，成为尼采式超级智能的一个不可逆的事件地平线）等不可言喻的神秘现象时，经常被以类似的方式描述。无论过去还是现在，我们都能在那些急于蹭 AI 热点的哲学家和企业家中，发现不少江湖骗子。

最后，值得注意的是，即使是当今最先进的语言处理AI系统，也依然面临着外部验证的挑战——这一点，伊本·赫勒敦及其同代人早已有所洞察。程序生成的文本虽然语法上通顺，但并不总是具有实际意义。麻省理工学院的语言学家乔姆斯基，曾用一个著名的句子来形容这种悖论：“无色的绿色想法狂暴地沉睡。”这句话基于乔姆斯基的程序语法，按照语言规则，这句话可能是正确的。但是要知道，“想法”不会沉睡，或者“狂暴地沉睡”也是不可能的，它需要的是在物理世界中的经验。

文字魔术至今仍在语言的牢笼里实践。不管操作多么复杂，文字生成的只是更多的文字。它们的真实性或虚假
22 性，要通过生活经验来确认。这一明显的局限，就使得“伦理性人工智能”这样的想法变得不切实际，因为语言本身包含了所有可能的价值观，无论善与恶。必须有外部的约束，才能推动它朝向在语言之外的世界中存在的（并且不断演变的）目标，这个世界包括，如你所知，所有其他的事物，比如枪械、病菌、资本和钢铁。语言组合游戏可以无限制地生成句子，而伦理问题需要有痛苦、疾病、损失和死亡等限制。

表格

到目前为止，在探讨中世纪阿拉伯问答机器人——一

套用于操纵语言的“非凡技术”——的过程中，我们已经将脚尖探入（或者说从悬崖跳下？）占卜和预言的奥秘之海。

细致审视 zairajah 以及类似装置，可以发现它们具有几个不同的特征，每一个都有其独特的渊源值得追溯。

例如，注意一下，虽然占卜轮是圆形的，但也可以将它视为一种表格或图表。图表的简单外观下，隐藏着复杂性。与呈现的信息相比，图表将事物简化为本质。因此，图表本质上比其原始、未加工的数据来源更简洁，更便于“携带”。当我们稍后考虑到图表封装和传输智能的能力时，这一属性将显得尤为重要，特别是当这种智能已脱离其原始来源时。

至少，表格以一种系统化的方式呈现信息，通常包含行和列。图表意味着秩序，无论其结构多简单。举个例子，这是我的购物列表： 23

产品	价格	数量	类型
燕麦	￥4.99	1包	钢切
巧克力	￥3.48	3条	黑巧克力
蓝莓	￥9.75	2袋	冷冻
牛奶	￥3.15	半加仑	全脂

除了会对我的组织技巧和我热衷于抗氧化剂印象深刻

之外，一个首次造访地球的外星人还会了解到，食品被归类为“产品”，而产品具有“价格”“数量”“类型”等属性。因此，表格已经暗示了一种层级标签或分类体系。而且，这种分类是“有控制性的”，这在于它包含限定数量的允许值。当然，我的购物清单并不会这么正式。但是，你可能会对牛奶按“头”（指牛）而不是“加仑”来计量，或者按“装饰用”而不是“普通类型”的蓝莓来标记感到惊讶。通过限制可用的语言选项，分类法旨在捕捉现实世界中事物间的关系，比如产品有价格，巧克力按块出售。

在中世纪科学中，各种分类法是常见的，它们也是当代逻辑、医学、法律和计算机科学中的一个重要议题。以医学为例，无数类似的身体感觉必须被提炼成一套受控制的、有命名的、可计量的条件集合，即诊断。美国精神病学协会出版的《精神障碍诊断与统计手册》（*DSM*），如今已出到第五版。如果是手册中没有列出的健康问题，你的保险多半不可能覆盖。反过来说，一些现在被认为是正常范围的人类状况（如歇斯底里、同性恋），它们曾经被不
24 公正地包括在内，这对被标签化的人造成了伤害。作为古老的神秘艺术的一部分，分类法至今仍然统治着世界。想象一下，在每个医院后台运作的电子数据库就如同巨大的zairajah，编织着连接病人、医生、药房和保险公司的纽带。

在中世纪西方世界，占卜轮盘的最著名推广者是拉蒙·卢尔，在基督教重新征服穆斯林统治的西班牙之后，

卢尔不仅借鉴了这一体系，还对其进行了扩充，从而创造了他所称的“新逻辑”。他把这门技艺称作“艺术”，其中广泛使用了可以旋转的球体，通过复杂的记号系统，可以表征关于任何事物的知识。卢尔逻辑除了便携和分门别类之外，还具有象征性、基于规则以及可组合性等特点。

我们来逐一探讨这些属性。

首先，我们来审视从《简明技艺》（*Ars Brevis*）中转录的部分表格。[①]

	第一属性	第二属性	问题	主题	德行	恶行
B	善	差异性	是否?	上帝	正义	贪婪
C	伟大	一致性	是什么?	天使	审慎	暴食
E	力量	开始	为什么?	人类	节制	骄傲
H	美德	大多数	什么时候?	生长型	慈善	愤怒

首先，注意到第一列中的字母 BCEH 可以有多种含义，它们可能代表问题、主题、德行或恶行。例如，B 可以象征“善”“差异性”“是否?”“上帝”“正义”或“贪婪”。卢尔解释道：

> 在这门技艺中，我们采用了一个字母表，以便于 25

① Ars Brevis: Ramon Llull, “Ars Brevis” in *Selected Works of Ramón Llull (1232 - 1316)* (Princeton, NJ: Princeton University Press, 1985), 581.

> 构建图形，并结合原则与规则来探索真理。由于一个字母可以有多重含义，它让理智在接受这些象征的事物以及获取知识时，都能更为普遍化。[①]

实际上，用字母变量承载多重意义使这些图表更具普适性。如果它们只承载单一含义，那么它们只能被用于一个特定目的。然而，卢尔的技艺无论在神学还是医学上都同样有效。

此外，字母在图形中的排列使得组合过程更加固化。中世纪文献中常见的轮形或树状图形，使得特定的组合成为可能，而排除了其他组合。伊本·赫勒敦详细记载了许多复杂的程序，而卢尔创造了一个视觉机制，由两个自由旋转的嵌套轮盘组成。在实际使用中，这个机制限制了符号组合的可能范围，使其只产生有效结果。"存在的一切，"卢尔解释道，"都隐含在这个图形的原则之中，因为所有事物要么是善的，要么是伟大的，诸如此类，正如神和天使都是善的、伟大的，等等。因此，任何存在的事物都可以还原为上述原则。"[②]

换言之，旋转轮盘可以将"天使"这一实体与"审慎"或"正义"这一属性对齐，但永远不会与"邪恶"对齐，从而产生所有可能的真实组合，而不会生成虚假的。

---

① Llull, "Ars Brevis," 581.

② Llull, "Ars Brevis," 583.

最后，上述特性使得一个组合过程成为可能，通过这一过程，所有可能的输入都能组合起来，以生成所有可能的输出。卢尔在另一个“表中表”中记录了这些内容，包括 BDTC、CETC、EGTF、FTEG、HITG 等值。通过这种手段，该系统意在完善现有知识的不足：如果上帝是伟大的，那么他也是善良、强大和富有美德的。如果你之前未曾意识到这些，现在你全然明了了。

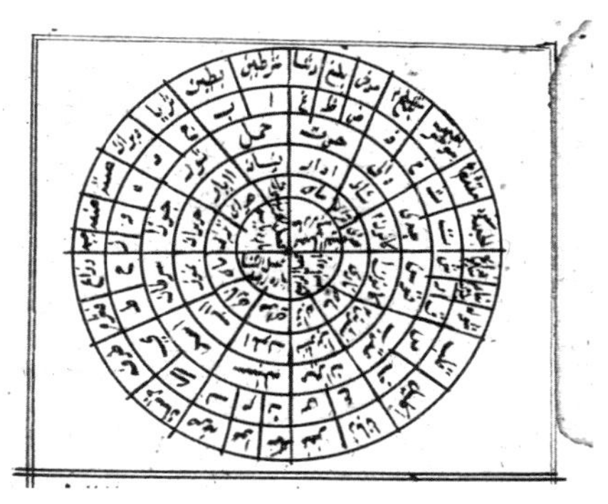

Zairajah 是中世纪阿拉伯的一种占星术用的占卜圆圈，由阿赫迈德・本尼（Ahmad al-Buni）使用，并在赫勒敦著的《历史绪论》（*Muqaddimah*）导言中记述。Ah˙mad ibn ‘Alī al-Būnī, Shams al-ma‘ārif al-kubrá (1874), 17。耶鲁大学贝内克珍稀书籍与手稿图书馆的普通藏书。

这是多么令人兴奋的东西啊！想象一下，对当时的学 26
者来说，卢尔的丰富论述必定显得令人印象深刻，多么激动人心！特别是如果你是普通的修道院抄写员，生活在尚且年轻的西班牙或德国。由于你从未真正学会读写，你的工作仅限于在当地教区抄写手稿。你机械地重复这项工作，却并未真正理解手头上那些复杂的神学论辩。

直到有一天——“这是什么?”——一种整洁的结构突破了密集的拉丁文的壁垒。“这张表是关键，在这里智能变得无所不包。”你读到。卢尔的名字以前在你的书桌
27 前出现过。你听说过他研究阿拉伯语，也听过他在安达卢斯穆斯林中进行的传教活动。“通过上述表格，它［智能］客观地理解和抽象化了许多特殊事物，”文中如是说，“对给定列的每个分割空间，它通过提取一个论点来实现这一点。”在此，你隐约看到了进入内殿的路径——一种层层递进的发现真理的方法。“智能驱散疑云，宁静又坚定地驻留其中，它现在自知是完全的普遍而巧妙的状态，周身披拂着浩瀚的知识。”①

如此宁静、积极并被智慧加身，我已筋疲力尽。然而，在我们被哄睡之前，请注意正在发生的巧妙方法。让我们遵循原始的拉丁文，而不是遵循流行的译本。

智能如何认识自身？这到底意味着什么？重复卢尔的话，表格（tabula）是主体，在此，通过对个别事物的理解（intelligit）和抽象，智慧使自身（se facit）成为一种普遍存在。多么奇特的表达方式啊！该表格捕捉了一种非具体化的智慧。在那里，从每一列的每一个单元（camera）中，

① Llull，“Ars Brevis，”596.

它导出（abstrahitur）一种计算（una ratio）——或者，是英语中的 ratio，意指“数值之间的定量关系”。不清楚卢尔是否意在给我们常规操作说明（类似于“查阅每个单元中的字母组合”），还是想要对理性表达一些深奥的看法，比如“理性在表格中达到了智慧”。

刚才发生了什么？我们真的见证了人工智能的诞生——一个“自我塑造的智能”？其实不是那么回事。这只是一种巧妙的手法，通过人格化来实现。聪明的拉蒙·卢尔设计了一个巧妙的系统——可以说是一种巧妙的说法。即使在创造者缺席的情况下，这个系统仍能巧妙运
作。所以，它确实包含了一些智慧！这些智慧是拉蒙·卢 28
尔留下的，而他早已不在人世。但如果你给我一个聪明的解释，我们不会说这个解释本身“聪明”，对吧？你的智力才是聪明的来源，通过解释传达出来。然而，在通常的用法中，“聪明”这个词往往会从人类身上剥离出来，几乎像是要显得自给自足一样。

一个魔术师悄悄地走到了幕后。为了帮助翻译拉丁语，我使用了来自珀耳修斯项目（Perseus Project）的拉丁语词汇学习工具。这个工具汇集了超过 1 600 万个拉丁语词汇，展示了词汇意义的完整索引。它真的“汇集”或“展示”了什么吗？还是这些工作是由图夫茨大学（Tufts University）的格雷戈里·克兰（Gregory Crane）和他的团队完成的，他们是这个项目的创造者？他们的智能让我变

得更聪明。但我们为什么会觉得将能动性交给这个工具是如此自然呢?

在自动化的尺度上,从部分帮助到独立推理,智力从何时开始在语法的主语位置上发挥作用?为什么它总是一个智力或智能——一个不定的、单数的名词?我实在想不通这一点。卢尔的图表和数字拉丁语学习工具包含许多不同的组件:数据库、图表和转盘。它们的智能是来自一个还是多个源头?还是像云一样悬浮在我们集体的心智和拉丁语词汇学习工具之上?

实际上,这些技术本身已超越个体人类相对有限的认知能力。在有人感到冒犯之前,需要明白,我们作为一个集体非常出色。但从个人角度来看,我至少清楚自己在开车、计算和排列字母方面存在明显的局限。像驾驶辅助、计算器或拼写检查这样的自动化助手,为我们带来了令人
29 满意的性能提升。依靠记忆,我对世界知之甚少。然而,有了词典、百科全书和搜索引擎的帮助,我了解了很多——尽管我实际掌握的知识只是其中的一小部分。

当我遇到一个智能设备时,给我留下印象的不是它对我个人的局部影响,而是它在共享化集体成果上的能力。在启用拼写检查器的情况下写作,我实际上是在与一支由学者和工程师组成的幕后团队一起写作,他们能够通过技术的力量跨越时间和空间提供帮助。这种集体努力不容易描述。我并不急于放弃作者身份,也不想不断地给一群遥

远的合作者致谢。毕竟，这是我写的。然而，我也必须承认，在这一点上，以及许多其他智能事务上，我的作者能动性份额减少了。

拼写检查器和字典有着悠久的历史。我通常不需要考虑它们。相反，我们采用了一种认知语言学的捷径，通过将能动性压缩并归于技术本身。轮盘（指技术——而不是卢尔或赫勒敦）——是神圣的。说“手机写完了我的消息”比说“自动完成工具背后的工程团队根据以下十几篇研究论文编写的软件写完了我的消息”要简单得多。

此策略行之有效，直至隐喻悄然滑向非预期的意义。那张智能表格（smart table）[①]，用另一位痴迷家具的思想家马克思的话来说，“转化为某种超越之物”，成了一种头足倒立的拜物教，它从木头脑壳中造出了荒诞的观念，自身却悄然退至日常商品的背景中。我一直在对自己说：“这可是我做的。”但当工具坏了，我却诅咒它为“笨东西”。

① ［译注］英文“table”既指表格，又指桌子，作者在这里巧用了这两个含义。

第三章

聪明柜子

30 两位德国巴洛克时期的诗人走进了一家酒吧。准确来说，一位是诗人，一位是学者。他们通过信件保持联系，一位叫阿塔纳斯·珂雪（Athanasius Kircher），一个穿着简单、言语朴实的四十多岁的绅士，在二人通过书信进行交流的那段时间里，他已经是一个公认的学术权威，即将继承开普勒，担任哈布斯堡宫廷的皇室数学家一职。往昔年间，他在维尔茨堡教授过数学与古代语言。后来命运引导他来到了意大利的罗马学院，在此，他的研究领域拓宽至地质、化学及生物学。

这位年轻而张扬的追捧者的过分热情，显然令珂雪烦恼不已。追捧者，也就是憔悴的奎里纳斯·库尔曼（Quirinus Kuhlmann），他有着一副怪异的外表。童年时的口吃并没有阻止他满怀热情地追求文学事业。在耶拿大学——这所大学在 17 世纪初以其“派对文化”出名——库尔曼对同龄人和教师并没有太多尊重。他并未按计划学习法律，而是营造了一位忧郁深思的诗人形象，自称可以通过疾病和幻觉接收到神的显灵。他的异端邪说以及他“极端自负”的谣言也随之四散开来。[①]

在耶拿，库尔曼深入研究的学术课题涉及珂雪作品中 31
出现的卢尔密码术。尽管卢尔的技艺曾一度触犯宗教裁判，但此时它已在欧洲各地孕育出众多的追随者。组合学（combinatorics）这门正在兴起的科学预示着寻找神启的捷径。受到卢尔魔法般的影响，库尔曼创作了许多前所未见的技术化十四行诗，其中包括“天堂爱之吻四十一”（Heavenly Love-Kiss XLI），旨在展示他对组合创作的理解。[②] 在这里为您摘译一小节：

从那夜晚/烟雾/斗争/霜冻/风/
[……]/火灾和疫病后
随之黎明/火焰/血战/雪花/宁静/
[……]/枯萎与寻求
从那憎恶/痛楚/羞耻/恐惧/战火/苦痛/
[……]/嘲讽中的蔑视
寻求喜悦/自尊/名声/信赖/财富/评价/
[……]/恒久的时光

① Blake Lee Spahr, “Quirin Kuhlmann: The Jena Years,” Modern Language Notes 72, no.8(1957):605 - 10.

② 德文参考自 Quirinus Kuhlmann, *Himmlische Libes-Küsse*, ed. Birgit Biehl-Werner (Tübingen: De Gruyter, 1972)。

[……]

万物无常，一切有爱，亦似有恨：

如是这般沉思者，尘世智慧终降临。

该诗的结尾行对读者做出一个大胆邀请：你们可以任意排列这些词汇。库尔曼阐述，这么做会产生许多不同的组合，每个组合都蕴含着独特的意义，其总和相当于人类知识的全貌。虽然他曾提出这样宏伟的主张，但最终还是在其他创作中摒弃了这种技巧，由此我觉得他可能仅仅把“天堂爱之吻”当作一个技术实验，并没有赋予其更深的内涵。

32 在诗人与科学家的这次真实会晤中，焦点在于珂雪最近发明的一种叫“数学风琴”的装置。两人等待着他们的啤酒，同时凝视着面前的设备。这个由抛光的“巧妙绘制”的木材制成的装置，看起来像一个大箱子。掀开其盖子，露出一排排标签明确的木板，它们竖直排列：分为四列，每列包含十五个狭窄的木板，四列七个较宽的木板，还有四列五个最大尺寸的木板。每拉出一个木板，就能看到上面排列的一串字母。通过查阅所附小册子——他称之为“稍等片刻，马上应用”——木板的任意组合都能构成一个完整、和谐的作品。巧妙的是，根据参考的手册不同，同一风琴可以用来作曲、写诗或加密信息，甚至进行高级数学计算，比如计算复活节的日期。

有啤酒助兴，对话愈发热烈起来。珂雪对他所有的研究项目都采取统一的系统化方法。这个盒子是按照最新科学原理制作的。他最近刚卖了这种设备的某一版本给奥地利的年轻大公查尔斯·约瑟夫（Charles Joseph）。在一位值得信赖的家教的帮助下，这个孩子将在学习中使用它。珂雪认为，这类设备既简单易用，又能带来乐趣和学习效果。最重要的是，它们非常实用，能让未受过专业训练的操作者也进行创作和表演。技术的角色是服务，使得艰深复杂的知识能够触及更广泛的受众。

库尔曼表示反对。他认为获取知识的道路应该是曲折的，只有愿意正确地走这条路的人（像他一样！）才能接近它。“这个盒子只是一个巧妙的游戏，我聪明的珂雪啊！”库尔曼开始有点口齿不清了。“智慧在你本人身上。没有这个盒子，年轻的公爵还是一个愚蠢的鹦鹉（对不起，他真的是这么写的，只不过是用拉丁语）。[1] 内心深处毫无智慧留存。没有深层的理解，孩子既不能捕捉知识，也无法
领悟智能。” 33

在另一种历史的可能中，人们会期望年轻的库尔曼没 34
有计划横跨欧洲，没有大声地对皇家子女发表此类言论，尤其是在某个刚兴起且压制氛围浓厚的东方政权面前。虽

① Synthesized from Quirini Kuhlmanni, Epistolae Duae, Prior de Arte magna Sciendi sive Combinatoria (Cum Responsoria Athanasi Kircheri), printed by Lotho de Haes in Lugdunum Batavorum [Katwijk], 1674.

然他的才能在德国受到了认可，但他最终在莫斯科被烧死了。命令是伊凡五世下的，因为库尔曼被自己的路德教派同胞以破坏圣像的罪名指控了。①

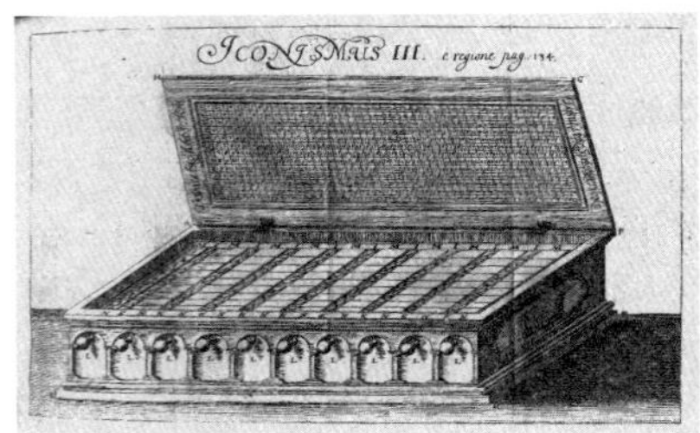

珂雪的学生描绘的数学风琴的一部分，P. Gaspar Schott. Printed by Johann Andreas Endter in *Würzburg* (1668), 135。

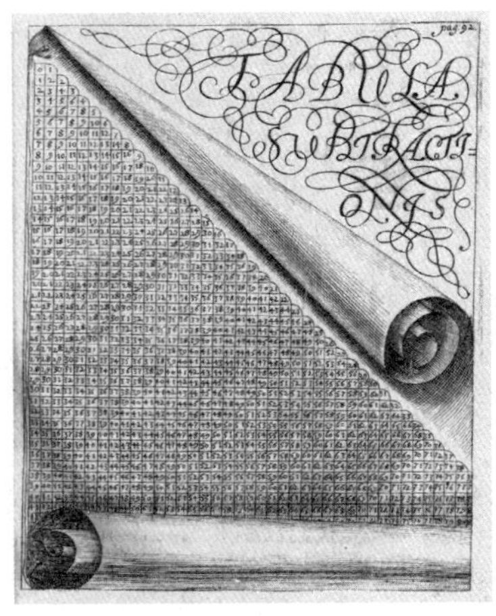

该设备所附的一张“应用”表，Schott(1668), 93。

① Robert L Beare, “Quirinus Kuhlmann: The Religious Apprenticeship,” *PMLA 68*, no. 4(1953): 828 - 62.

因此，我们总是不可避免地回到那个核心话题——智能设备中的幽灵。显然，无论是诗人还是科学家，都没有将数学风琴视为有生命的存在。他们的分歧主要在于对人的看法。对库尔曼而言，组合诗的尖端是直指内心的，旨在重塑精神。组合式的十四行诗有助于引发一场难以言喻的精神变革，这种变革，在我上面的翻译里，已经很难清晰准确地再现。比如说，Haze（烟雾）和 Blaze（火焰）之间的声音对应（这一点我从德语中复制过来），它激励读者去进一步探索烟和火之间的概念性相似。名称和物理属性得以暂时对齐。通过个体化的内在重构，从而建立一种新的、意料之外的联系。

珂雪的设备则通过其外部设计实现了既定的智能功能——计算或诗歌创作——这些功能也有实用、优雅、令人愉悦的外在形式。

对机器的两种不同理解引出了有关智能的重要洞察：智能既是内在的、私密的理解体验，也是对外部世界产生具体影响的力量。我们来探讨这两种理念。第一种，即柏拉图式观点中，智能被视为“符合宇宙真理的内在思想和感情的正确排列”。而第二种，即亚里士多德式观点中，智能则被定义为“实现具体效用的普遍能力”。

有没有发现一些不同寻常的东西？ 35

在柏拉图的模式下，智能是行动的根源。所以，它必然具有私密性、局限性，甚至是无法言说的属性。因此，形成了一个悖论：柏拉图的普遍理性主义，实际上允许存在偶然的、非理性的启蒙路径。没错！我不禁在心里赞同。智能不可能只有一种方式。否则怎么说明，有时我甚至无法解释自己是如何理解某些事情的？它就这样发生了，或者就这样没有发生。这表明，我们的智能受限于我们的身体、教育和个人经历，因此它无法被一种单一的普遍描述囊括。

个体体验并非纯然主观的或随机的。尽管如此，从外部访问这种体验仍有挑战性。教师如何洞察学生的内在视角，从而确切判断学生是否真正学到了什么？柏拉图——或者说，他笔下的苏格拉底——对所有书写形式，特别是机械记忆式书写，持保留态度（尽管他本人的书写极具影响力）。在一段著名的对话中，苏格拉底与学生斐德若相遇，后者正从另一场讲座返回。当询问讲座内容时，斐德若依靠记忆重述，但苏格拉底怀疑这只是机械复述，并通过深入提问揭示了学生的理解局限。同样，任何固化的、机械式的智慧表现都可能与其真正的源头失联。最终，我们获得的不是真正的智慧，而是像笛卡尔在《沉思录》中说“鹦鹉学舌”——只会重复，不懂理解。

求知之路无捷径。学生要通过精神劳作才能实现真正的改变。这也是柏拉图思想的人本主义特色，毕竟，我内
36 心无法理解如何做一只蝙蝠、一块石头、一个智能桌子或其他事物。柏拉图的智能观，意味着恰如其分的个人蜕变。

在亚里士多德的模式中，智能则是思维追求的目标，其实现的具体方式并不重要。人通过适宜的活动，跻身于名为“智能”的公共池塘。此池中，不仅浮动着人类，还有蝙蝠、工具、自动变速器、智能桌、数学器材、智能手机等。这对我也是有意义的，因为当我思考问题时，通常不只是在内心进行：我会边走动、边记笔记、边阅读书籍、边与朋友交谈。查阅维基百科、参考表格、遵循我从教科书学到的特定程序，或是唤起“智能助手”——这些都不会减损亚里士多德意义上的智能。

事实上，拒绝此类外部帮助将是愚蠢的。我无法想象在与世隔绝的完全孤立状态下发展出的知识［顺便一提，12 世纪安达卢西亚学者伊本·图费尔（Ibn Tufail）所写的阿拉伯文论文《海伊·本·亚克赞》（*Hayy ibn Yaqzan*）讨论了“自学成才的哲学家”，这部作品预示了现代“荒岛流浪者”题材的兴起，此类题材的代表作包括丹尼尔·笛福的《鲁滨孙漂流记》（*Robinson Crusoe*，1719）、电视剧《迷失》（*Lost*，2004—2010）以及由汤姆·汉克斯（Tom Hanks）主演的电影《荒岛余生》（*Cast Away*，2000）］。科学本身在孤立中也将是不可能的，因为它以一种本质上是社会性和集体性的方式产生智慧。通过开发用于外化思维的新颖工具和技术——如亚里士多德或珂雪所做的那样——科学家为整体共享的理性能力作出贡献。从这个意义上说，某事是否正确或真实取决于它与既有工作体系的符合程度。亚里士多德意义上的智能从外部得到考察，我们无须过分关心“内部到底发生了什么”。如果它看起来像一只聪明的鸭子，叫起来也像一只聪明的鸭子，那它就是一只聪明的鸭子。

37 智能这一概念存在两种理解方式：柏拉图式和亚里士多德式，分别对应内在与外在、私人与公共的区别。但因为这两种意思都用“智能”一词来表达，所以经常会让人混淆。如果我们能用两个不同的词来区分这两种对智能的定义，以明确区分智能作为“行动的动因”及作为“行动的目标”，将会更为清晰。

在各式各样的巴洛克风格的装置中，我们更进一步窥见现代数字计算机的发展史，这些机器能模拟任何其他“离散状态机”的功能，被艾伦·图灵誉为“通用机器”。这种机器承诺无论面对何种任务，都能模仿广泛的智能，不受其原初设计的束缚。这使得像计算器、收银机和数字音乐播放器这样的单一功能机器显得过时。通用计算机取代了所有特定功能的设备。同样地，通用智能指的是一个人或机器在广泛的领域和环境中进行学习、推理和解决问题的能力。从这个角度看，通用智能常被视为“普遍智能”，即可以完成任何认知任务的智能。

根据以上讨论，我们应对“通用”（general）和“普遍”（universal）这两个词保持警惕。尽管普遍主义具有一定的优势，但它也伴随着诸多问题，这在我们的案例研究中已经初见端倪。

从柏拉图式的、内在主义的观点出发，实现智能的方式具有重要意义。例如，我可能会重视考试中获得的高分，但如果这些分数是通过作弊获得的，则无法得到我的认可。相反，我通常不在意我的冰箱如何运作其智能，只要它能够正常工作即可。对于智能机器，我们只根据其效力来评估，任何实现智能的方式都是可接受的。不过，我的学生必须展示他们的工作过程。

机器智能的“私人化”方式也可能不符合个人、家庭或社区的价值观。效率有时会以牺牲隐私为代价。例如，我的电视可能通过持续录制我在客厅的对话来优化推荐系 38
统，更好地满足我的家庭需求。然而，这些方式并不能使其目的正当化。所谓的对齐问题，源自一个无法解决的悖论：广泛接受的通用智能并不总是与局部的价值观相符。普遍意义上的智能在特定情境下可能并不聪明。因此，我们应对通用、普遍智能的说法保持警觉。

从亚里士多德式的、外在主义的视角出发，被视为“普遍”的智能可理解为“广泛适用”。广泛适用的概念不涉及无法克服的悖论，但存在一个显著的限制：虽然其适用性广泛，其智慧程度却有所降低。

可自动化的任务往往会被贬值。以智能设备为例，如今的现代人对智能烤面包机和恒温器等持轻蔑态度。虽然这些智能技术一开始令人赞叹，但随着时间的推移，无论其创新程度如何扩展，它们终变成了不需动脑的辅助工具。知识工具亦是如此。字典、语法书、同义词词典和百科全书曾被誉为国家的重大成就，而今天，它们已悄无声息地被整合进数字化的自动完成工具或自动纠错工具中。我们甚至不再将它们视为智能化的技术。

随着工具的改进，我们对智能行为的功能性定义也在变化。从外部主义的角度来看，因为这种看法是以真实世界为基础的，所以随着人类平均成就标准的提高，所谓的通用智能就开始变得不那么突出了。比如说，以前能读写就算是很了不起的事了。有人甚至能靠为不识字的人读书、解释文字来谋生。随着大众识字的普及，阅读和写作技能从智能劳动的高端位置转移至基础位置。同理，数百年前，能记住错综复杂的历法无疑令人赞叹。然而在当
39 今，独自沉浸于天文推算而不借助外力，无异于傻瓜行为，真正的天文学大家是那些能巧妙运用辅助科技（如强大的计算力）的人。在应用的世界里，智能自共有能力之上发展。但是，无论这工具多么灵动，一旦被广泛接受，它便融入了基础智力的层面。

在这里，我们触及了功能性概念的悖论：根据定义，卓越的表现无法普及化。一种“智能”设备仅仅比前一代更智能。一旦广泛采用，它就会变成平均水平。

普遍文字

从古老的占卜轮，到复杂的巴洛克作曲柜，再到图灵的通用计算机，试图突破这种普遍理性的局限性，其实就是计算历史的一部分。

在17世纪的欧洲，对普遍语言的探索不仅源于诗歌与哲学的需求。新教革命高度重视民族语，拉丁语也就失去了在礼拜仪式中的特权地位。《圣经》需要被翻译与阅读于各地语言中，关于何为“正确”译本的争议甚至演化为武装斗争。随着古腾堡印刷术的普及，像由约翰·威尔金斯所著这类的书籍日渐常见。普及识字的问题愈发迫切。伦敦皇家学会及其他学术机构的设立，使得出版——包括明确的写作风格、同行评审及讨论——成为科学研究不可分割的内在一环。

正如珂雪与数学风琴的实验所示，理性也可以成为自 40
动化的对象。然而，我们如何验证任何声称能产生超出我们智力范围的知识的机器的结果呢？倘若机器生成的智能结果是胡言乱语呢？我们将不得不变得比机器更聪明才能检查其工作。例如，我们可以通过将生成的结果与既定的“基本事实”进行比对验证。一台能独立达到既定真理的机器可以被认为通过了人工推理能力的门槛。但对于完全新颖的想法又该如何呢？如果机器发现了新的答案，突破了既定的界限，我们又该如何分辨这些“真理”和机械性的胡言乱语呢？

普遍语言机器闪亮登场。

珂雪的柜子的原理体现在参考表里，这些表规定了构成规则，即语法。这类机器容易产生无意义的答案——如“无色的绿色想法狂暴地沉睡”——即便编程复杂。像库尔曼这样的怀疑论者指出，符号的任意性是问题的根源。由于人类自然语言总体上不够精确，因此难成机械计算的可靠材料。根据预定规则排列的词语并不总是与世界上事物的正确排列相对应。语言和物理学遵循不同的规则集。语法和意义并不总是一致。

若真是如此，岂不妙哉？如果库尔曼的偶然的语词共鸣——如 Haze/Blaze（烟雾/火焰），Shame/Fame（羞耻/名声）——能指向真正的科学发现呢？若能将机器输入规范至纯真无疑的真理，并依无可争议都正确的原则排列，那么输出肯定是真实的！意义和语法的对齐似乎是新技术的一个有希望的方向。

41 1660 年代，约翰·威尔金斯——圣公会的博学者和伦敦皇家学会的创始人之一——出版了一份提议：《迈向真实字符及哲学语言的论文》。在这本超过五百页的重量级著作中，威尔金斯提出了一种无法说谎的人工语言。在这种语言中，内部世界和外部世界将合而为一。语法规则和物理规则可以和谐统一，提供了终极工具，用于清晰的推理（或者他是这么认为的。这本书的接受度却很一般）。[①]

威尔金斯如此推理：科学即将成为普遍真理的语言，那么应该基于比自然语言更坚实的基础来进行交流。他写道，想想那些恶作剧，“以及许多冒牌和欺骗，在矫饰而空洞语句的幌子下，施加于人”。伪科学的“江湖骗子”通过使用“假装的、神秘的、深奥的概念，用浮夸的言辞表达”，使得“对事物的内在理解”与“这些心理概念的外在印象”混淆。“因此，如果人们普遍在表达方式上达成一致，就像他们在同一个概念上达成一致一样”，通过使用真实字符，“我们将因此摆脱在语言混乱中的诅咒，及所有不幸的后果”，威尔金斯写道。[②]

为了达到这些了不起的目标，他提出了——你猜得没错——史上最聪明的一张表格。第一步，世界。根据威尔金斯的说法，首先要做的是“对那些将要被赋予标记或名称的事物和概念进行枚举和描述”。威尔金斯一定意识到了这项任务的庞大，他承认，他的庞大分类图式可能包含了一些“冗余”和“漏缺”。然而，在前三百多页的篇幅
中，他勇敢地展示了一个宏大“方案”，它捕捉了皇家艺 42
术的现状。这个坦率地说是疯狂的（即使按照当时的标

① Sidonie Clauss, “John Wilkins' Essay Toward a Real Character: Its Place in the Seventeenth-Century Episteme,” *Journal of the History of Ideas* 43, no. 4(1982): 531 - 53.

② John Wilkins, *An Essay Towards a Real Character, and a Philosophical Language* (London, 1668), Dedication; 20.

准）项目，列举了天下万物：包括“超验的关系：混合和普遍”；“根据叶子分类的草药”，灌木、树木和草地；石头和金属；鱼、鸟和兽；大小、空间和测量；习惯、礼仪和疾病的目录；市民、司法、军事和宗教的关系；以及许多其他“在讨论中出现的概念”。

在列举所有已知科学领域的命名事物后，威尔金斯转向了第二步，即考虑建立一种“哲学语法”，包含这些事物可能重组的规则。在这里，内在的、概念性的世界的语法将与自然法则相协调，这些法则掌管着物理世界的形态学。虽然尚不清楚这在实践中将如何运作，但显然威尔金斯想象中的语法——通常意义上——将与类似物理或化学的语法相结合，使得语言和物理世界服从相同的规则。在这种新语言中，虚假的观念将变得难以表达——如果不是不可能表达的话。词汇将像乐高积木一样，只能以合理的方式拼接组合。

这也是他系统中最薄弱的部分，因为这种语法的一致性取决于他最初那套杂乱的分类。

在第三步，也是收尾的一步中，威尔金斯提出了一种新颖的书写系统，试图巩固词与物之间的关系，从而打破了任意指称的魔咒。根据“真实字符”构建的词汇，像装置的各个部分一样相互契合，激活后只能产生真实的句子。他写道：“现在，如果这些标记能够如此设计，使得它们之间具有某种依赖和关系，并且这种关系能适应它们所代表的事物和概念的本质……事物的名称可以如此安排，使得它们的字母和声音包含某种亲和性或对立性，以某种方式对应它们所指示的事物的本质。”① 43

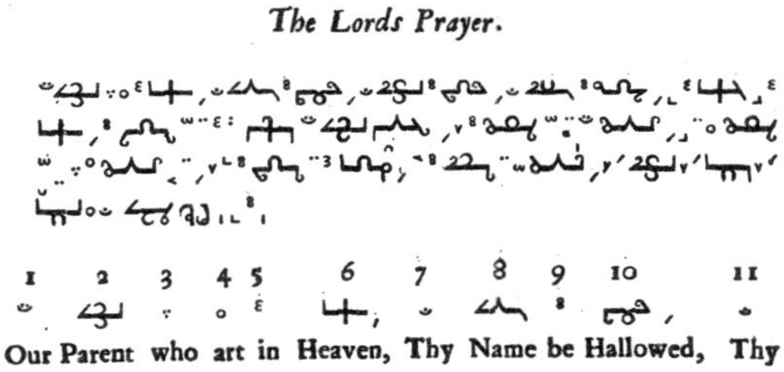

The Lords Prayer.

1 2 3 4 5 6 7 8 9 10 11

Our Parent who art in Heaven, Thy Name be Hallowed, Thy

威尔金斯将《主祷文》翻译成通用字符。John Wilkins, *An Essay Towards a Real Character and a Philosophical Language* (1668), 395。

正如作者在将主祷文转录入自己的系统后所承认的，这种字母表可能并没有像他计划的那样实用。尽管如此，他仍希望它能相较于欧洲字母表提供一种明显的优势，他错误地认为中文或阿拉伯文字系统在某种程度上更接近他的理想。真实字符将根据主表中的事物及其关系分类，精确地呈现每一个词汇。虽然威尔金斯无法实现词与物之间的完美类比，但他认为，对他的系统进行进一步的改进将有朝一日促进科学交流、商业发展，甚至有助于促进国家间的和平。②

① Wilkins, *Essay Towards*, 21.

② Wilkins, *Essay Towards*, Epistle; 434.

从此后无数的战争和分歧来看，这次实验未遂其愿。尽管如此，威尔金斯还是播下了一颗普遍语言的种子。这颗种子在莱布尼茨、巴贝奇、洛夫莱斯以及后来的图灵所
44 构建的通用机器中结出果实。

分步推理器

1679年，戈特弗里德·威廉·莱布尼茨佩戴着一顶蓬松的假发。他与其他伟大人物一样，对自己的成就保持“谦逊”。信中他经常提及：“我不清楚，为何亚里士多德或笛卡尔没有想到我年幼时就完成的这项惊人创举。”然而，公正地说，他确实取得了一些卓越成就，例如发展微积分（尽管与艾萨克·牛顿激烈争议）、发明一种新颖的二进制符号系统（受到中国和埃及文化的影响），并设计他自己的“普遍语言符号”（Characteristica universalis）的蓝图。这一系统将珂雪的数学风琴和威尔金斯的真实字符融为一体，形成了一个统一的系统。

我们与莱布尼茨一同处于历史的分岔路口，因此，人工理性的历史至少分为两条不同的路径。一条较为常走的道路通过玛丽亚·阿涅西（Maria Agnesi）、奥古斯丁-路易·柯西（Augustin-Louis Cauchy）、路易·阿博加斯特（Louis Arbogast）、伯纳德·黎曼（Bernhard Riemann）和

约翰·冯·诺依曼（John von Neumann）等人的贡献，发展成现代微积分（“calculus”的拉丁语字面意思为“小石子”）。另一颗较大——尽管如今有些被忽略——的石子则滚落到普遍语言之路，这条道路直接通向现代会话型人工智能。

1679 年，莱布尼茨重启了一个宏伟的项目——一部旨在弥合新教与天主教之间裂痕的通用百科全书。他将这个项目命名为“Plus Ultra”（意为“更远之处”），在其中，他试图（虽未完成）汇编一个“所有可用但分散且无序的知识片段的精确目录”。与威尔金斯不同，莱布尼茨专注于组合逻辑——这是威尔金斯的《真实字符》中发展最不充分的部分——构想了一种语言学上的微积分，他称之为 45
“普遍语言符号”。莱布尼茨写道：“学者们早就考虑过某种语言或通用符号，通过这种方式，所有概念和事物都可以被有序地整合。”① 他希望在这项任务上取得威尔金斯未能实现的成功。

因此，莱布尼茨在其数学微积分的著作之外，还孕育了一个更宏大的梦想：一种语言微积分，这种微积分既能“发现”也能“判断”，其符号或字符的功能等同于算术符号对数字的处理。这种新语言将极大提升人类思维的能

---

① 引自 Mogens Laerke (1686)，“Leibniz, the Encyclopedia, and the Natural Order of Thinking,” *Journal of the History of Ideas* 75, no.2(2014):238。

力，其作用远超显微镜或望远镜对视觉的放大。莱布尼茨写道，没有这种语言，我们就像是商人——对于一些零星提到的项目含糊其词地互有债务，却从不愿意精确地结清“意义的总账”。[①]

为了实现精确的结算，莱布尼茨提出了一种称为“复合体”的机制，这种机制的总体价值超过了其各部分的总和。他写道：“一旦我们这门复合技艺的表格或分类得以形成，就会产生更伟大的成果。设想最初的术语通过符号来指定，这些符号将构成一种字母表［……］如果这些符号被正确而巧妙地设定，那么这种通用的书写系统将会像常见的书写一样简单，可以在没有任何字典的情况下阅读；同时，还可以获得关于所有事物的根本性知识。”[②] 莱布尼茨设想的这一机制比世界语这样的现代人工语言更精确，能够自动化哲学思维。

让我们歇歇脚，喘口气，回顾迄今为止的这段历史走向。

中世纪的修辞之轮是通过偶然的组合来运作的。对于一些人，比如伊本·赫勒敦，那不过是巧妙的小把戏，顶
46 多偶尔碰撞出惊奇之语。请注意，如今最先进的语言人工

① Gottfried Wilhelm Leibniz, *Philosophical Papers and Letters*, ed. Leroy Loemker (Dordrecht, NL: Kluwer Academic Publishers, 1989), 222 - 24.

② Gottfried Wilhelm Leibniz, *Logical Papers: A Selection*, ed. George Henry Radcliffe Parkinson (Oxford: Oxford University Press, 1966), 11.

智能仍面临同样的怀疑：的确，一只机械鹦鹉读着一只打字猴写的剧本，偶尔也可能表达出一些深刻的内容。

卢尔及其启蒙时代的追随者预见到了某种超越简单组合的更高可能性。他们相信，通过逻辑，语言就能纳入一个合理的体系，并实现自动化，以此造福人类。从比喻的角度讲，这种设备可以被称为科学、演算或逻辑。然而同样地，普遍语言的梦想也以一系列字面意义上的设备形式出现，这些设备的目的则是通过自动化语言的生成来加强推理能力。在今日最先进的人工智能算法中，这一概念的蓝图依然可见，首要阶段为学习——系统地整合所有人类知识。此后，设备尝试将人类表达的混乱内容转换为一种具有严格定义特征的全面的中介语言，此方式与威尔金斯或莱布尼茨的方法相似。最终，通过派生组合逻辑，创造出新论述——产生新想法以及回答在学习初期没有遇到的问题。

这，至少是一个梦想。正如我们将来会看到的，虽然技术取得重大进步，但重大的形而上学问题仍然存在。当代机器能吸收和处理大量文本，但它们仍然受制于普遍语言概念内在的悖论。

语言与物理世界保持着一种诡异的联系。它的规则有时候挺古怪，有时候又很随意，随着对人类本质定义的变化而变化，以应对不断变化的世界。智能想要普遍适用也很困难，因为世界从来不是一个处处相同的整体。从广义

47 上讲，世界本身只能通过诸如物理学或神学等学科的描述来实现一种普遍性。具体情况往往依据当地的环境而有所不同。

然而，普遍性之所以有其价值，是因为它迫使我们从私人的参考视点抽离出来，转向共同的理想。一个自动补完句子的小工具可能会使你成为一个“更好”的写作者。甚至可以俏皮地称这个工具为“优秀”的写作者。但我们不应忘记，“优秀”的含义取决于社群，这个社群不仅关心功能性的结果（即产生更多的文章），还关心优秀的写作者和读者所隐含的品质。这就是为什么我们仍然要求孩子们在没有计算器的情况下学习数学，或者动笔写作文。除了通用智能，我们希望我们的孩子们能成为卓尔不群的人才。

计算或写作的工具性目的，始终次于个人成长的内在价值——那是通过学习的挑战而实现的。通过亲身经验，手承载了价值。经验是无法自动化的，即便我们见证了越来越多智能设备的出现——仿佛又回到那家小酒馆，我们与擅长语言技巧的巴洛克风格的朋友们一起，拨弄着精巧的语言柜子。

第四章

花叶样式

奥古斯塔·埃达·金（Augusta Ada King），本姓拜伦， 48
洛夫莱斯伯爵的夫人，热爱诗歌与数字。她还有赌瘾，据说，她很可能是有史以来第一位使用计算机下注赛马的人。

常见故事的说法是，查尔斯·巴贝奇，另一位皇家学会成员，与埃达·洛夫莱斯在 1820 年代共同提出了数字可编程计算机的构想。然而，事情实际上要复杂得多。巴贝奇称其毕生的项目为分析机（The Analytical Engine），该机器拥有许多机械前身，直接继承了赫勒敦、卢尔、珂雪、威尔金斯、莱布尼茨等许多人的思想。机器已经就位。洛夫莱斯和巴贝奇，这对亲密无间的朋友兼邻居，创造了更为微妙的东西：通用机器的语言。

读者应该还记得，珂雪的数学风琴附带了一些“应用表”，翻阅不同的小册子，便可切换机械的功能。通过这种方式，同一设备既可以用来进行数学运算，也可以生成诗歌。巴贝奇花了二十多年时间来让他的机械差分机原型

49 化，该机器能够改进珂雪的数学程序，不过形式更为紧凑，使用了维多利亚时代最先进的工艺，而这项工艺在一个多世纪的工程发展中已经有了显著进步。巴贝奇自豪地向家中访客展示这一设备，它执行的不过是一些基本的算术功能。大多数访客更喜欢在另一个客厅里看到的复杂的机械芭蕾舞女装置。[①]

分析机，这个更有野心的版本，始终在开发中。但巴贝奇难以向他人解释它的优势。专家们对“一机多用”的概念感到迷惑。甚至连他本人也不确定这是否可行。仅仅是那些复杂的齿轮，就需要意大利工匠的精湛技艺——这些工匠是专门制造精细机械表的。随着富有投资者的资助告罄，巴贝奇不得不以民族自豪感为诉求向皇室寻求支持（巴贝奇辩称，如果英国人不首先制造它，别人就会制造）。为了确保资金，他经常需要重新陈述机器的重要性。

此外，噪音也是一个问题。巴贝奇早些时候在多塞特街购买了一处房产，“位于一个非常安静的地方，拥有一片广阔的土地”，在那里他“建造了工作室和办公室，进行实验并制作分析机建造所需的图纸”。最近，附近的环境因出租马车站的设立而受到干扰，随之而来的还有“咖啡馆、啤酒店和住宿房屋的建成”。这些恶化了他一直试图逃避的问题——噪音。在他的自传《哲学家生涯片段》

---

① Benjamin Woolley, *The Bride of Science* (New York: McGraw Hill, 1999), 123 - 62.

(*Passages from a Life of a Philosopher*)中，他几乎用与介绍他的工程成就同等的篇幅讨论了“街道噪音骚扰”问题。巴贝奇说：“我的一些邻居特别喜欢请音乐家来我窗前演奏， 50
可能他们是想和平地看看有没有哪些乐器是我们都能接受的。但每次都没成功，哪怕是加上了那些小孩子纯真的歌声——这些孩子没穿鞋，被他们衣衫褴褛的父母催着合唱，这对我这个哲学家邻居来说是相当不尊重的。”

巴贝奇详尽地记录了他所受的困扰，用大量的讽刺和不满描述了一场明显由他那爱好音乐的邻居发起的迫害行动（这些邻居似乎还会在他出门时跟随并嘲笑他）。我们详细了解到，“政府允许每日每夜在伦敦街头使用的折磨工具”通常包括：风琴、铜管乐队、小提琴、竖琴、手摇风琴、排箫、鼓、风笛、手风琴、半便士价钱的哨子、叫卖物品、宗教唱诵和诗歌吟唱。这些声音的使用得到了许多人的鼓励，包括酒馆老板、公共酒吧、杜松子酒店、仆人、孩子、乡下来的游客、名誉不明的女士，偶尔——当然不包括现今在座者——一些有头衔的贵妇（第 26 章）。另外，你知道吗，巴贝奇还发明了分析机（第 8 章）；还会见了威廉·冯·洪堡（Wilhelm von Humboldt）和惠灵顿公爵（Duke of Wellington）（第 12 章和第 14 章）[1]；还在歌

① Charles Babbage, “Street Nuisances” *in Passages in the Life of a Philosopher* (London: John Murray, 1864), 253 - 71.

剧院扮演一个死者，在那里他看到了魔鬼的幻影，这促使他提出了一种新的剧院照明系统（第20章）？

这位男士的异想天开在他的文字中表露无遗。他的注意力从吵闹的邻居转移到政治和奇特的发明上，呈现出一个独特分心的天才形象。这让人想起亚里士多德的《政治学》中的章节，其中也同样无法自拔地详尽列举了低贱的
51 农场动物，然后一路谈论到高尚的主题，如战争与正义。无论是亚里士多德还是巴贝奇，都无法容忍知识上的混乱，他们有一种强迫性地列举事物的倾向，即使只是顺便提及。

年轻的埃达·洛夫莱斯，这位贵族之女和达尔文、法拉第、狄更斯等名流一起去了巴贝奇的时尚沙龙。她与巴贝奇的第一次接触，是由她的数学家教索菲亚·伊丽莎白·德·摩根（Sophia Elizabeth De Morgan）介绍的。德·摩根是洛夫莱斯家族的挚友，亦是英国著名数学家的妻子。德·摩根在她的回忆录里写道："我清楚地记得带她去看巴贝奇先生的那台厉害的分析机。"当其他客人觉得无趣时，"拜伦小姐，虽然还很年轻，却懂得它是怎么运作的，而且发现了这个发明的美妙之处"。①

年轻的洛夫莱斯和年长的巴贝奇之间发展出了一种奇

---

① Sophia Elizabeth De Morgan, *Memoir of Augustus De Morgan* (London: Longmans, Green, and Co., 1882), 89.

特的友谊。她在因风流成性而著名的父亲、诗人及男爵乔治·拜伦的阴影下成长，埃达几乎不了解她的父亲。她的母亲——严格的基督徒和才智出众的安妮·伊莎贝拉·拜伦（Anne Isabella Byron）夫人——不鼓励她学习文学，而是将她的兴趣引向了数学。虽然她认为巴贝奇的行为有些古怪，但因其学术地位而对他表示认可。她的信件中反复表达了对女儿道德品质的担忧——她担心女儿有可能遗传父亲的浪漫主义缺陷。

尽管如此，洛夫莱斯对她父亲的传承始终保持着浓厚的兴趣，她认为自己是科学理性和诗意感受的独特融合。分析机恰好满足了这两方面的需求。不久，她开始从巴贝奇那里借阅有关钟表和蒸汽机的蓝图及其他文献。在母亲的严密监视下，在多塞特街，她与玛丽·萨默维尔（Mary Somerville）和其他亲密朋友一起度过了许多夜晚，与志同道合的发烧友讨论这台机器。她原来兴致勃勃地想要根据 52
鸟的结构造一个飞行器，不过，这个想法很快就被对机械智能的严肃研究替代了。

相比于仅用于数字运算的单功能差分机，分析机激发了人们的想象。有时，巴贝奇对其赞叹有加，几乎带有神秘的崇敬，这让拜伦夫人颇为不悦。

他写道，分析机的工作原理，就好比是有预言功能的智能。像差分机这样的单功能机器，根据一种法则或模式运算，该模式通过其内部齿轮的连接体现出来。所谓“法则”是从许多例子中归纳得出的：太阳每天都会升起；因此，明天它也会升起。根据这些定义，奇迹构成了一种异常事件，如日食，标志着更高“运作法则”的存在。但由于原始的、低级别的法则被纳入单一目的之下，差分机永远无法超越其固有的编程。对于一个为单一目的而建的机器来说，高阶的、异常的规则集是无法实现的。

相比之下，一台多功能的分析机可以搞定好几个表格应用，还能协调不同尺度的模式，在其回忆录的第二章“论奇迹”中，巴贝奇阐述了这样一种情景：对于一个习惯了日出规律的观察者来说，转换至另一套规则可能被视为具有预言性。[①] 它仿佛能预见奇迹，透视日常琐碎之外的世界。巴贝奇和洛夫莱斯将他们的机器视为奇迹。

在过去几年中，巴贝奇试图提出一种语言，用以描述机器意义上的竞争性规则集。差分机的复杂齿轮系统已经超出了当时用于精密钟表制造的传统设计图纸的限制。遵
53 循复杂指令进行齿轮制造的工程师是通过静态图纸指导的，这些图纸展示了预期机械装置的静止状态（例如，可以想象一个简单的铰链机制，比如门）。在需要表示移动部分时，可以制作另一张图纸来展示其动态，例如一扇门在关闭和开启状态下的样子。

如果您的机制包含有数百甚至数千个这样的运动部

---

① Babbage, “Miracle” in *Passages in the Life*, 291 - 93.

件，该怎么办呢？或许可以采用其他图示约定，如箭头或虚线，来详细展示这些部件。然而，与简单的铰链不同，巴贝奇的齿轮箱以极其复杂的方式运动。它们的运动随机 54
器设置的不同而改变，并且需要在整个机制中实现同步。巴贝奇雇用的工匠在操作这些机器时，经常因为这种动态设计而感到困惑，导致了故障和延误。

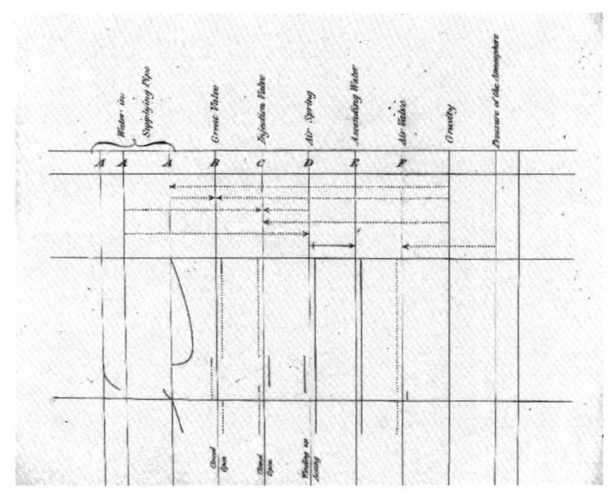

巴贝奇在 1826 年提出的机械记数法。图片来源：英国皇家学会。

因为进展缓慢，巴贝奇深感沮丧，遂提出了一种新的蓝图，旨在适应日益复杂的示意图。① 1826 年，他在《伦敦皇家学会哲学学报》（*Philosophical Transactions of the*

---

① Charles Babbage, "On a Method of Expressing by Signs the Action of Machinery," *Philosophical Transactions of the Royal Society of London 116*, no.1/3(1826):250–65.

Royal Society of London）上发表了一篇论文，详细描述了一种“用符号表示机械动作的方法”。巴贝奇在论文中写道：“如果这些符号选择得当并被普遍采用，它们将形成一种通用语言。”他的机械符号看起来有点像是为蒸汽机编写的乐谱。

意大利工程师们虽受邀协助分析机的构建，却难以洞悉巴贝奇那充满创意的设计蓝图。近十年的设计和制作几乎没有产生可行的成果。英国资助者的支持已经减少很多了。1842 年，在都灵参加了巴贝奇的一次沙龙之后，一位意大利军事工程师（后来的意大利总理）在《日内瓦通用图书馆》（*Bibliothèque universelle de Genève*）第 82 期发表了一份关于分析机的简要“概述”。查尔斯·惠斯通（Charles Wheatstone）——巴贝奇的另一位朋友、发明家以及沙龙常客——建议洛夫莱斯（她学过意大利语）将这份概述翻译成英文，供一家新成立的英国科学评论杂志使用。在当时看来颇为进步的一步中，巴贝奇提议她为译文加入自己的注解，洛夫莱斯将这项任务比作“头胎分娩”，因此也同样全心投入。

一年后，洛夫莱斯在注释中提炼出了一个通用可编程机器的视角，不再被奇迹和街头噪音干扰。今天的科学史学家会指出文件中的一些无关紧要的代数错误，却未能看到其更大的影响。这是通用机器历史上的第一次突破：人类通过机器的符号指令，可以给可编程设备加入一个概念，能够重新配置自身硬件。

在对分析机硬件机制的描述中，洛夫莱斯采用了一种
软件式的表现方法，发明了一种创意方案以将物质与符号
领域融合。这种机制“结合了通用符号，在无限的变化和
范围内连续出现”，从而建立了“物质操作与数学科学中
最抽象分支的抽象心理过程之间的联结”。在评论中最具 55
诗意的一段文字里，洛夫莱斯写道：“分析机编织代数样
式，犹如雅卡尔织机编织花卉与叶片。”

让我们详细分析一下。记得在上一章中，我们的通用机器遭受了语言与世界之间不匹配的困扰。例如，在讨论“树”时，我们通常假设它指的是同一个物理实体（实际的树）。但在一些情况下，我对“树”的理解可能与你心中所想的完全不同。这种情况经常发生在双语家庭中，比如父母与孩子有时对诸如水果和蔬菜或树与灌木等基本定义存在分歧，这些定义在语言转换中遗失了。

普遍理性要求解决这些模糊性。现代早期的解决方案——如威尔金斯和莱布尼茨采用的方案——试图将“已知”世界的全部内容纳入机器中。但谁能说清楚，关于已知事物的共识是如何形成的呢？番茄是水果还是蔬菜？对此的共识取决于语境：你是在与杂货店老板还是植物学家讨论？植物生长时并没有标签附着其上。在特定的时间、特定的地点，词语通过使用间接与事物相连。

假设我们参观一个想象中的世界植物园，会发现那里

充满了矛盾的标签：有些被撕毁，有些被重写或已难以辨认。这并不意味着一切都变得相对，或者任何观点都可接受。这仅仅表明语言和人类经验的多样性使得达成共识变
56 得困难。共识不能被“发现”得一清二楚，也不能不加批判地继承。它更像是一个过程，充满社会和政治上的复杂性。共识需要通过反复修正和讨论来实现——这是启蒙时代关键的洞见。

埃达·洛夫莱斯曾写道，“意义在变迁”。随之而来的是，“独立的考量因素很可能变得复杂，推理和结果经常被误解”。洛夫莱斯选择了一种方法来应对这种变化多端的情况，而非逐一过滤每个细节。她没有像珂雪或威尔金斯那样试图将一切塞入机器，而是在硬件与软件的交汇点上，调和物质世界与心理世界。在巴贝奇的设计中，她发现了一个变革性的想法：任何机器的物理状态都可以用符号——如代数公式——来表示。因此，机器状态的变化既是符号操作的起点，也是其终点。机器可以转化为公式，而这些公式又能控制机器的转换。于是，两个世界——现实与理念、语言及其指示物——被一根细丝绑定在一起。

因此，机器所需“领悟”或“摄取”的唯一具体的实质性表征，便是它自身的构造。一旦这一桥梁建立，世界上的所有其他信息都可以凭借编程的力量来判断其真实或虚假，而不是依据任何外部标准。

洛夫莱斯解释道，在研究分析机的行为时，我们发

现，在所有数学分析中，属于操作本身的那些特殊而独立的考量，与被操作的对象和对这些对象所执行的操作的结果截然不同，这种区分非常鲜明且清晰。她继续解释道，操作可被定义为“改变两个或更多事物间相互关系的任何过程［……］涵盖宇宙中的一切对象”。因此，描述事物基 57
本关系的语言，便可转译为机器内部的基本关系。无论程序员如何设定现实世界中的对象关系，都能在设备内找到对应的表达方式。①

这种递归现象令人惊叹：就像衔尾蛇一般，某种方式下，这种自我指涉的结构竟能支撑起整个意义构建的过程。洛夫莱斯总结说：“这台机器的发明者在构思时，心中是否有这样的想法，我们不得而知；但这是一种在我们深入了解机械如何实现分析组合的手段后，不由自主浮现的想法。”她显然认识到了自己发现的巨大价值。在理论与实践得以瞬间对称的交界点，分析机已经成为“分析的物质与机械化表现”。任何抽象的组件，无论如何组织，都能以这种方式表示：“例如，假设一下，和声学与音乐作曲的基本关系能够用这种方式表达和调适，那么这台机器可能会创作出任何复杂度或规模的精妙又科学的音乐

---

① L. F. Menabrea and Ada Lovelace (1842), “Sketch of the Analytical Engine Invented by Charles Babbage Esq.” in *Scientific Memoirs*, Selected from the *Transactions of Foreign Academics of Science and Learned Societies*, and from *Foreign Journals*, ed. Richard Taylor (London: Richard and John Taylor, 1843), 666 – 731.

作品。”

在这些话语中，洛夫莱斯预见了未来，机器将编织出更多样式，从导弹轨迹到歌词和病患诊断。当时智能冰箱仍旧是简单的冰箱——每隔几天冰商送来一块冰，而埃达每月为此支付一便士。虽然她的笔记发表后反响良好，但这台机器在多塞特的进展并未加快。巴贝奇忙于新项目，
58 特别是在萌芽阶段的保险精算领域，他的机器在计算对数
表和复利时大显身手。与此同时，洛夫莱斯结识了一些新朋友，其中不少是赛马的重要人物。虽然她对自己的赚钱方法守口如瓶，我们知道，她对马匹和数学的热情有时带来盈利，有时则带来债务，在她的信件中，她却始终表现得无忧无虑，毫不后悔，这让她的母亲深感痛心。

第五章

模板文化

如果你热爱文学，但不愿思考创作过程，请就此止 59
步。这可能是一则令人倒胃的“香肠制作”故事，但可能
也没有那么糟糕，因为无论是伟大的艺术还是高级的料
理，总是属于有杰出才能的人。不过，大多数烹饪工作由
普通厨师完成，正如大多数写作由普通写作者承担。我无
意以任何方式贬低对伟大文学的研究。然而，忽视普通水
平的写作是有风险的。不理解普通写作者的创作机制，可
能会对我们集体的智识经验的质量产生严重的后果。人工
智能正是在普通与卓越之间的夹缝中蓬勃发展。如果我们
都是数学天才，就不需要计算器了。人工智能的创建正是
为了让我们变得更聪明。拼写检查器和自动句子完善工具
使我们成为更好（至少更文从字顺）的写作者。

在想办法提升人们的平均思维能力时，巴贝奇和洛夫
莱斯不约而同地研究了雅卡尔织布机（Jacquard loom），这 60
种机器的创意在于通过打孔的“操作卡”来制作样式。在

洛夫莱斯所称的“磨房”，即分析机的齿轮之中，一张操作卡能将机械“投掷”入不同状态，“总体上决定操作的顺序”。另一种名为“供给卡”的卡片则承载数据——这些数据可以代表任何事物——“为磨坊提供其所需之粮”。[①] 磨坊依据镌刻于操作卡上的指令处理这些物资。这些卡片甚至可在操作中途互换，以执行嵌套的功能——就像是在常规阴历中的一次日食——这就是巴贝奇的特别神奇之处。

符号逻辑与织造产业之间的联系并非偶然。

1832 年，还在差分机的初期阶段时，巴贝奇从多塞特街发出了一份通告。他称这是他在该机器上工作的“直接结果”，是为准备剑桥提议的一系列讲座而编纂的。该通告的标题为《机械与制造业的经济学》（*On the Economy of Machinery and Manufactures*），其中包含了对所有已知工业制造过程的全面研究。阅读它极大地改变了我对分析机的看法。

起初，我通过珂雪和莱布尼茨的思想操控机器的传统来看待它，现在我还能从更广的工业时代背景下，洞察其在宏观经济层面的远大抱负。

分析机之于文字世界的目标，正如雅卡尔织布机之于商业织造业。对于巴贝奇来说，这不仅仅是一个比喻，这

① Menabrea and Lovelace, “Sketch of the Analytical Engine,” 666 - 731.

也不是他一人之功。从 19 世纪开始，基于模板的制造思想就渗透到了所有人类工业中，尤其是消费品和资本货物的 61
制造，如服装、家具、机械或设备。

然而，在象征性商品，如文学、电影、音乐、哲学或新闻中，我们很少考虑使用模板。个体人类天赋被机械复制削弱的想法，总是让人感到不悦。许多现代高雅艺术或前卫艺术运动甚至明确地以反对工业化为自我定位。对于浪漫主义者如乔治·拜伦或威廉·华兹华斯，以及现代主义者如贝托尔特·布莱希特、弗朗茨·卡夫卡、沃尔特·本雅明或弗吉尼亚·伍尔夫来说，人之为人，即意味着要成为特异卓绝的存在。在他们那个高度个性化的天才领域，自动化的东西被创造力压制了，更遑论智能，真正重要的是手工技艺和那些非凡超群的事物。

人文学术承袭了浪漫主义对特异卓绝的重视，以至于自动化、器用性及群体性皆被置于次席。因此，除了小说，日常的读书、写作和解析文本的实践都逐渐被学术界忽略了。比如说，关于医学文献、自助类书籍，或者电视行业的团队写作，这些领域的研究都不多。

如果本书非要有一个核心，那就是——智力依赖技艺，因此需要劳动。天赋的才智既无法解释，也无法传授。人工物之所以显得自主，是因为它与其独特、无法模仿的起点相区隔。技艺就是用来确切指出哪些艺术方面是可以解释、记录和传递给别人的。所以，智能劳动其实参

62 与了自动化的历史，这种影响最终会触及所有行业的某个发展阶段。就像制鞋或制造汽车一样，智力产品的生产也早已从定制车间转移到工厂车间。一旦我们将智力劳动视为劳动，我们就不应该对在其附近发现工具、模板和机器感到惊讶。但因为思维和语言对我们来说是特别的，我们喜欢假装它们不受劳动史的影响。到目前为止，这本书已经讲述也将继续讲述一个关于劳动的故事，而不仅仅是关于机器人或文学的故事。

杰出作者们按分钟安排写作时间，对此已有大量详细的文字记录。然而，对增强日常智力工作的工具的了解却很少。模板在各地支持着普通的智力劳动，从医生的办公室到摄影工作室，再到电视编剧室。在巴贝奇时代，包括智力产业在内的每一个人类行业都已系统地开发出用法。表格、图式、纲要、模具、样式、矩阵和框架构成了所有内容生产的基础。驱动现代社交媒体参与的模板，只不过是这股悠久历史潮流中的最新表现。事实上，19 世纪末的确是基于模板的艺术大爆发的时期。尽管使用它们可能会令人羞于启齿，甚至在职业领域被视为禁忌。

少有艺术家肯承认自己遵循套路作画。无人愿被视为平庸。故而，艺术手法的偶尔显露——便携的、可解释的、有据可查的、可转移的、自动化的性质——常使习惯于人类卓越天赋特权的观众震惊或反感。

然而，这种反应其实不应该出现，因为强调艺术中可传授的而非天赋的部分，恰恰是民主教育的基础。

框架模板 63

在《机械与制造业的经济学》这部作品中，巴贝奇探讨了19世纪上半期自动化技术的进展，他对以往的传统手工艺并没有表现出任何怀旧之情。

在此，“框架模板”在宏观经济上的作用，相当于“操作卡”在机械操作中所扮演的角色。巴贝奇认为，“制作”与“制造”之间的差异，体现在制作者能否将他们的创造过程逐步理性化，以便该过程能够得到优化和复制。

在作者惯常的严谨风格中，本书用大部分篇幅来详细列举各式各样的复制技术，包括凹版印刷、铜版印刷、钢板雕刻、音乐印刷、印花布、模板印刷、红色棉手帕的印刷（?）、平面印刷、木块印刷、活字印刷、铅版印刷、石版印刷、铁铸、石膏铸模、青铜铸造的植物制品（!）、蜡铸造、植物模仿、砖块和瓦片的模制、圣斯蒂法诺教堂的檐口、浮雕瓷器、玻璃印章、带名字的方形玻璃瓶、木质鼻烟盒、角质刀柄和伞柄、锻造、用钢压力雕刻、伪造银行票据、通过印章复制、硬币和奖牌、军用饰品、铅板、通过冲压复制、锡铁、布尔工艺、钢链、带伸长的复制、金属丝拉制、黄铜管、铅管、意大利面、带有改变尺寸的复制、五角图、玫瑰机床车削、车床、鞋楦以及由毛虫吐丝制成的面纱（!?）。

总之，巴贝奇建议他的读者通过使用提供的“框架模
64 板”，系统研究自动化，将数百份回应汇编成一本关于制造模板的口袋书。这个框架模板是由问题构成的，记录了任何制造过程的最基本的大纲。它留有空白，用于填写雇用的工人数量、工作小时数、涉及的工具及其维护、分工、操作列表以及每个操作重复的次数等其他确切的商业逻辑要素。

在诸多探索的行当中，巴贝奇特别强调了印刷本身的过程，他提到了“在印制此册中经历的六个阶段”。他写道：“在这里，思维与机械的融合发生了”，使人联想到洛夫莱斯——在一种样式之中，遵循一份模板，沿着表格的每一个单元格——“直到穿透字母 a、b、d、e、g 等的空隙”——“被压印、模铸并形成”——“这些活字，它们是最矛盾思想的驯服的传信者”，这些理论“本身便是通过铜质模具（称为母版）的浇铸而被复制的”[①]。

模板在工业时代无处不在。从它们的角度看，分析机的新奇之处在于将制造模板应用于符号逻辑、哲学和艺术领域。用于生产符号产品的模板必然与物理制造有着共同

① Charles Babbage, *On the Economy of Machinery and Manufactures* (London: Charles Knight, 1832), 113.

的历史，受到同样的工业力量的影响，这些力量也影响着物质产品的制造——比如分工、机械化、流水线生产、降低进入门槛、降低成本、增加产出、提高效率和标准化（但同时也伴随着中层管理的兴起、全球化、破坏性工会和糟糕的企业团队建设活动）。

随着印刷机的进步和识字率的提高，西方的文学创作也加速了。越来越多的人开始出于兴趣和盈利而写作，不
再只是为了启蒙教育。在 18 和 19 世纪，文学市场的扩大 65
带来了相应流行体裁的出现——从自助书籍、指南和旅行日志，到关于家务和家居改善的书籍，再到农民年鉴、实用手册、儿童文学、小册子、真实犯罪、侦探小说和色情作品。家庭订阅杂志和期刊也成为一种趋势，既增加了对文学内容的需求，也增加了供应。

让我用一些数字来帮你感知一下具体规模。按照 18 世纪的标准，多产的作家大约写了十几部重要的文学作品。比如，我们来数数《鲁滨孙漂流记》的作者丹尼尔·笛福，如果不包括小册子，他写了大约 8 部小说和 16 部长篇非虚构作品；《格列佛游记》（*Gulliver's Travels*）的作者乔纳森·斯威夫特（Jonathan Swift）出版了 15 部作品；歌德写了 6 部小说长度的作品和数量相当的戏剧；简·奥斯汀写了 9 部长篇小说；劳伦斯·斯特恩（Laurence Sterne）写了不到 10 部，具体数量取决于你如何计算《项狄传》（*Tristram Shandy*）；而《威弗利》（*Waverley*）的作者沃尔

特·斯科特爵士（Sir Walter Scott）写了 7 部小说。你很可能还可以在别处找到一个或两个异常的写作狂人，但这不会影响这些平均数。

19 世纪，字数开始大幅攀升。狄更斯和陀思妥耶夫斯基的产出让同代人羡慕，他俩都为期刊连载写作，各自写了不到 20 部小说。苏联出版了托尔斯泰的全集，共有 90 卷。大仲马写了 100 多部戏剧和小说，很可能还有代笔的帮助。

到了 20 世纪上半叶，这种惊人的产出变成了常态。比利时侦探小说作家乔治·西默农（Georges Simenon）出版了数百部小说，其中 75 部是关于法国警探朱尔·梅格雷
66 (Jules Maigret) 的。《女孩的世界》（A *World of Girls*，1886 年）的作者伊丽莎白·米德·史密斯（Elizabeth Meade Smith）写了 300 多部悬疑小说、浪漫爱情小说和青少年小说。保罗·利特尔（Paul Little）写了 700 多部小说。凯瑟琳·林赛（Kathleen Lindsay，笔名 Mary Faulkner）写了 900 多部小说，用的还是多个笔名。爱德华·L. 斯特拉特迈耶（Edward L. Stratemeyer），这位美国作家兼制片人，是《罗弗男孩》（*The Rover Boys*）和《南希·德鲁》（*Nancy Drew*）等系列流行书的幕后推手，他的作品数量高达数千部。西班牙浪漫小说作家科林·特利亚多（Corin Tellado）更是迅速写了 4 000 多部。

让我们再参考一些额外的参考数据，这些数据来自我

发表的研究，你可以在那里查证我的资料。在英国出版的图书总量从19世纪40年代的近3 000种增加到20世纪的10 000多种[1]（是的，你没听错：20世纪的个别作者的产出超过了几十年前整个国家的生产量!）。

根据我自己的数据，基于《美国在版图书目录》，美国印刷的图书总量（包括翻译和重印）增长了10倍，从1876年的大约2 000种增加到30年代的17 000种。真实数字可能更高，因为官方记录忽略了流行但被认为是“低俗”的体裁，比如真实犯罪和色情作品。我在1928年的《作家文摘》（*Writer's Digest*）中发现的一篇参考文章提到，一家廉价小说出版商Street & Smith每年收到“近90万份手稿”。另一家公司据说每月为其各种廉价小说杂志购买“近100万字”的内容。一位编辑报告说，“Fiction House的作者确实能从这里拿到真金白银”，援引的数字高达每年5 000美元。按照每字1到2美分的价格，这些金额相当于一个普通作者每年发表25万到50万字——相当于每年五部长篇小说的体量，还不包括被拒的稿件。

显然，在简·奥斯汀和《作家文摘》（*Writer's Digest*） 67
之间的短时间内，文学生产的供给侧发生了变化。

① Dennis Yi Tenen, "The Emergence of American Formalism," *Modern Philology* 117, no. 2 (November 2019): 257-83.

先不考虑质量，我们不妨从古典经济学的角度，仅关注文本产出。印刷材料需求的增加可以由印刷机、新教改革、启蒙运动、识字率的提高、城市化和教育改革等因素来解释。“经济柠檬”的这一瓣——需求侧——在其他研究中已被充分探讨。

我们很少考虑供应。虽然随着时间的推移而变化，但文学创作的问题在体量上大致保持不变，至少自亚里士多德时代以来一直如此（他的《诗学》至今仍然被广泛教授）。正如我在这些章节上缓慢的进展所证明的，人类的自然心理生理结构（身体和大脑）对个人创造力的容量设定了严格的限制（“我需要休息”）。

在供应受限的条件下，人们期望需求的快速增长会推高价格和工资。按照经济逻辑，随着市场的扩大，文字的价值应该维持不变或有所上升。但我们观察到的并非如此。相反，作者的工资（每词）在 19 世纪末戏剧性地下降。在 19 世纪 50 年代，年轻的狄更斯为连载杂志撰稿，每词可以获得大约一美元（根据我粗略估计并换算成今天的美元）——而在 20 世纪 20 年代，一个不错的美国作者能期待几美分就已经很幸运了。今天，大多数作者在网上免费写作。

工资下降而不是如预期般上升，意味着生产力的提高超出了基本生理能力。就像当时的其他劳动动态——想一想雅卡尔织布机！我们也必须从生产方法中寻找解释，这是供给侧的原因。

一个戏剧化的情境 68

那么现在，让我们以一种民主式的热情欢迎另一个“可爱古怪”的人物登场。历史对乔治·波尔蒂（Georges Polti）并不友好。1895 年，这位鲜为人知的法国作家出版了一本旨在帮助剧作家创作新剧本的小书，叫《36 种戏剧情境》（*The Thirty-Six Dramatic Situations*）。如书名所示，它包含了 36 种戏剧情境的列表，比如“恳求、解救、复仇、追逐、灾难、反抗、谜团、竞争、通奸”等。每种情境都以简要笔触介绍，并包含了波尔蒂从经典作品中收集的更多例子。

例如，在“追逐”部分，波尔蒂解释说，我们的兴趣应该“只由逃亡者一个人来维持；有时是无辜的，总是情有可原的，因为错误——如果有的话——看起来是不可避免的，是注定的；我们不追究它或责怪它，那是无用的，而是同情地与我们的英雄一起承受后果，无论他曾经是什么，现在只是一个处于危险中的同胞”。他进一步列举了四种子类型，包括：(a)“因政治罪行等而被正义追捕的逃亡者”；(b)“因爱情错误而追逐”；(c)“英雄与力量的斗争”；以及（d）“一个装疯卖傻的人与像伊阿古（Iago）一样的精神病学家斗争”。①

波尔蒂预料到，这对他那自视高端的同行可能产生何种影响，可他并没有道歉。“他们会指责我扼杀了想象力，”他写道，“他们会说我摧毁了惊奇和想象力，他们会称我为‘奇迹的杀手’。”绝非如此！没有方法，无目的地模仿过去，只会扼杀创造力。“所有的老木偶都会重新出现，充满了空洞的哲学思想。”只有系统地探索未知世界，才
69 能产生真正新颖的艺术形式。为新颖而新颖本身并没有意义。除此之外，他的方法还贬低了新颖性的观念。作者们现在会集中精力追求比单纯的创新更高的理想——比如美、平衡与和谐。

有了科学方法的武装，波尔蒂预测，未来的剧作家们可以运用无数可能的戏剧组合，“根据它们的可能性来排列”。进一步的严格实验必将以奇妙的方式改变艺术，通过“精确的测量和分类”——这是尚未见过的文学生产方法——“分析顺序、系统和系统组合”。②

在书末，波尔蒂揭示了他的项目的实际影响。他写道，目前许多情境安排，“它们的类别和子类别”都被忽视了。现代戏剧对观众来说太无聊且太熟悉。在当代艺术中，还有许多情境“有待开发”。像“想象力”“创造力”

① Georges Polti, *The Thirty-Six Dramatic Situations*, trans. Lucile Ray (Ridgewood, NJ: Editor, 1917), 30.

② Polti, *Thirty-Six Dramatic Situations*, 129 - 43.

和“构思”这样模糊的浪漫主义术语，应当自然地从“组合艺术”中涌现出来——这正是他提出的模块化系统所能提供的东西。

然后是令人惊讶的结论：“因此，从这本小书的第一版开始，我可以提供（不是讽刺地说，而是认真地说）给剧作家和戏剧经理一万个场景，这些场景与过去五十年里我们在舞台上反复使用的完全不同。这些场景肯定具备现实性和有效性。我承诺在八天内交付一千个。若生产一打，二十四小时足矣。价格以单打报价。请写信或致电艾丽舍宫大道 109 号（Passage de l'Elysee des Beaux Arts）。”

即便我几个月翻遍了档案来找出答案，但我不知道有没有人真的接受了波尔蒂的提议，按打购买剧本（那时候
人们还穿着条纹长裤去海滩）。鉴于他作为剧作家在商业 70
领域几无成就，波尔蒂的名字很少在学术文献中被提及，即便被提及，也很快被驳斥。这条线索似乎指向了一个死胡同。我开始失去希望时，一个重要的线索很快解开了这个谜团。

波尔蒂作品英文版的前言是由威廉·R. 凯恩（William R. Kane）撰写的——他是《编辑：文学工人信息杂志》（*Editor: Journal of Information for Literary Workers*）的出版人和编辑。标题引起了我的注意，因为“文学工人”不是我被教导的讨论伟大作者的方式。

该杂志于1896年由俄亥俄州富兰克林出版公司创刊，为我们打开了20世纪初美国文学市场的视角。杂志里充满了打字机和文件系统的商业广告，《编辑》发表了一些内行文章，如“500个出售手稿的地方！”“年轻作家应该读什么”“编辑的考虑”“诗歌值得吗？”“历史短篇小说”等专业作者感兴趣的话题。波尔蒂的小册子在这儿刊登了几十年的广告，还有很多其他类似的“如何写畅销书”的计划。虽然在现代主义的文献中很少被提及（这个时期通常与这个文学运动联系在一起），但“按模板写作”的做法在文学工作者中盛行。他们的作品将推动一个大规模现象，传播到无数的廉价小说杂志，很快又通达好莱坞大片生产机器。

《编辑》只是类似出版物的冰山一角。在纽约公共图书馆几周的乏味缩微胶片搜索中，我找到了很多其他的东西，包括：1895年在纽约出版的《作家杂志》（*Author's Journal*）；波士顿出版的《作家》（*The Author*），成立于1889年，号称“一个旨在吸引和帮助所有文学工作者的月刊”；1887年在波士顿成立的《作家》（*The Writer*），至今仍在运营；1891年的《出版人》
71 （*The Publisher*）；1925年由马萨诸塞州斯普林菲尔德家庭函授学校（Home Correspondence School）主办的《作家月刊》（*Writer's Monthly*）；同年宾夕法尼亚的《作家评论》（*Writer's Review*）；1925年加利福尼亚州好莱坞帕

尔默创作学院出版（Palmer Institute of Authorship）的《作家的市场和方法》（*Markets and Methods for Writers*）；以及1927年纽约自己的《作家文摘》（1927）。

此外，上述杂志中的广告引导我找到了数十本类似于波尔蒂的"如何做"的书籍。值得注意的是，这些书大多在文学史上失踪了，很少在研究中被提及，也没有被大学图书馆收藏。文学史大多对它们的存在保持沉默。

以下标题让我们很好地了解它们的内容。在丰富的一手资料中，以下是一些精选的作品，包括：托马斯·英格兰（Thomas English）的《框架散文，或提纲挈领的作者》（*Skeleton Essays, or Authorship in Outline*，1890）；詹姆斯·纳普·里夫斯（James Knapp Reeves）的《实用作者指南》（*Practical Authorship*，1900）；查尔斯·霍恩（Charles Horne）的《小说技巧》（*The Technique of the Novel*，1908）；约瑟夫·埃森韦因（Joseph Esenwein）的《写短篇小说：现代短篇小说的兴起、结构、写作和销售的实用手册》（*Writing the Short-Story: A Practical Handbook on the Rise, Structure, Writing, and Sale of the Modern Short-Story*，1909）；哈丽奥特·范斯勒（Harriott Fansler）的《散文叙事类型：故事写作者的教科书》（*Types of Prose Narratives*：*A Text-Book for the Story Writer*，1911）；亨利·菲利普斯（Henry Phillips）的《短篇小说的情节》

（*The Plot of the Short Story*，1912）；卡罗琳·威尔斯（Carolyn Wells）的《神秘故事的技巧》（*The Technique of the Mystery Story*，1913）；查尔顿·安德鲁斯（Charlton Andrews）的《剧本写作技巧》（*The Technique of Play Writing*，1915）；罗伯特·桑德斯·道斯特（Robert Saunders Dowst）的《小说写作技巧》（*The Technique of Fiction Writing*，1918）；埃德温·斯洛森（Edwin Slosson）和琼·唐尼（June Downey）的《情节与个性》（*Plots and Personalities*，1922）；以及威廉·库克（William Cook）的《情节：创意小说作家的情节提示新方法》（*Plotto：A New Method of Plot Suggestion for Writers of Creative Fiction*，1928）；等等。

这最终构成了以工业规模进行文学生产的机制。在上述档案中，反复重复的关键词让人想起巴贝奇在他的《机械与制造业的经济学》中研究的那些术语：模板、方法、技巧、框架形式、模具、模式、系统。这些工具之所以没有出现在学术记录中，是因为从“小说工厂”出来的作者很少透露他们行业的小秘密。按数字去绘画降低了任
72 何艺术家的神秘感（以及收入潜力）。这对一个人的职业生涯不利。所以，当世界对弗拉基米尔·纳博科夫在创作小说时异常地使用索引卡感到惊讶时，《编辑》杂志则定期推出了关于“使用索引卡撰写你的畅销书”的普通文章，旁边就是家用卡片归纳家具的广告。

我亲自找来并阅读了上述大部分书籍，因此你不必再去翻阅。其中有些相当糟糕，有些则提供了合理的建议。其中提出的技巧——可以说——通常归为几个类别。

第一类，包括适当的“框架形式”——由几乎完成的、预制的部件组成，轻松组装并稍作修改便可产生合理的输出，如信件、文章或短篇小说。这些有时是为了——咳咳——“帮助”制作分级的大学论文，就像托马斯·英格兰（Thomas English）在1890年出版的《框架散文，或提纲挈领的作者》（*Skeleton Essays, or Authorship in Outline*）中所说的那样。

第二类，涉及对亚里士多德式通用公式、程序和“经验法则”的复兴——用于构建“平衡”的组合，无论是在小说中，还是为了达到一般性的修辞效果。

从这些著作中，特别指出1892年的《戏剧技巧》（*The Technique of Drama*）和1908年的《剧本分析》（*The Analysis of Play Construction*）两部可能会有帮助，作者是自称“肯塔基的亚里士多德”的威廉·汤姆森·普赖斯（William Thompson Price）。普赖斯的作品读起来尤其有趣，因为他对年轻作家的建议，是以他作为百老汇几家主要剧院剧本审读人的经验为基础的。因此，他用桌上“无底洞”般的退稿中的负面例子来点缀他的结构规则：如何写不成一本畅销书。普赖斯的手册被几个当时刚成立的有影响力的戏剧项目采纳，比如1905年到1920年代由乔治·

皮尔斯·贝克（George Pierce Baker）教授在哈佛教授的项
73 目。虽然最初遇到了怀疑——系统性地教授艺术的想法是有争议的——但贝克的学生在百老汇和好莱坞取得了商业成功［其中，《相信我，赞西皮》（*Xantippe*，1918）就是如此，一部由德鲁·巴里摩尔（Drew Barrymore）的祖父约翰·巴里摩尔（John Barrymore）主演的无声屏幕喜剧］。

除了基于技巧的手册，我们还发现了各种视觉或图形辅助工具被用于叙事目的。

例如，成功的侦探小说作者卡罗琳·威尔斯在她1913年的《神秘故事的技巧》中，提供了关于图解复杂故事结构的建议，以便更好地处理它们的轨迹。哈里·基勒（Harry Keeler）的《网络写作法》（*Web-Work*）首次发表于1917年的《学生作家》（*Student-Writer*），代表了更先进的系统，预示了网络理论的当代发展。基勒强调了多个角色弧线的多样性，这些通常在可见情节结构之外发展。例如，一个被战争改变的士兵在晚餐时遇到了一个老朋友，他们分享了他们的背景故事的元素，这些在“暗地里”发生。因此，除了被讲述的故事，作者被建议跟踪多个背景故事，以更准确地代表角色发展。基勒的作品敦促作者记录和可视化大型虚构世界，通过复杂的社会关系网络连接——其中的一个故事情节，只是穿越一个多面向世界、充满其他情节和纠葛的众多可能路径之一。

还有一类文学工具则指导作者系统地收集现实细节——数据库——从报纸剪贴、对话片段和真实观察情况的笔记中提取。

马克·吐温早在 19 世纪 70 年代就获得了“自粘式”剪贴簿的专利，并将其出售给作者们。1903 年， 74
在《编辑》杂志上，杰克·伦敦［Jack London，著有《白牙》（*White Fang*）和《铁蹄》（*Iron Heel*）］敦促作者们随时携带笔记本。习惯收集这类笔记的作者很快就会发现自己被收集的信息淹没。对于一个每年提交五份手稿的作者来说，一本笔记本是不够的。笔记本演变成了文件柜。像尤里卡口袋剪贴簿（Eureka Pocket Scrap Book）这样的工具经常在《美国文具商》（*American Stationer*）、《文汇报》（*Dial*）、《雅典娜神庙》（*Athenaeum*）和《大众机械》（*Popular Mechanics*）等杂志页面上做广告。密歇根州底特律的教育培训公司销售一种叫肖托夸文学档案（Chautauqua Literary File）的大型家庭办公工具，它涉及一个复杂的颜色编码系统，用于快速检索参考资料。

菲利普斯自动情节文件收集器（Phillips Automatic Plot File Collector）由大约两百个定制容器组成，参考了包含的情节分类系统。在杂志页面和出版书籍的封底做广告，文件柜承诺“容纳数千个统一的情节素材项目，旨在包含情节素材、情节雏形和完整情节，以及统计和参考数据——以笔记、报纸剪贴、摘录、照片、图片、页面和整篇文章的形式”。

亨利·菲利普斯解释了他如何在创作一个名叫波德（Pod）的虚构人物时使用他的自动文件收集器：

> 波德穿着睡衣进入柏林——受欢迎的将军在卧铺车上进行滑稽的冒险。我们立刻感觉到这里该有一个人物性格。既然给我们留下印象了，就是个好写作向导。我们查阅索引吧，找到：人物性格——V——49，73，91，94。这是个例外；五分之四的主题只有一个参考。49，披露我们已经进入了愿望的变迁，然
> 75 后进入V——人物性格，具体到49，人物素质。不是我们想要的。73，我们在命运、人的思想、错乱标签下下找到它了。就是它（a）“人物性格”，正是我们想要的。如果我们有任何疑问，我们继续搜索，在91下找到了幽默——情感——闹剧。不，波德要是闹剧的话太悲惨了。再在94下，发现在哀伤标签之下，似乎太悲剧了，我们回到错乱标签——我们最初的印象。

在作家工作坊发现的最后一类机器可能对我们讲述机器写作的历史尤为重要。

像威廉·库克的《情节》（1928）和维克利夫·希尔

(Wycliffe Hill）的《情节精灵》（*Plot Genie*，1935）这样的手册提出了发展成熟的算法文本生成系统，以书籍形式呈现。两位作者都对波尔蒂最初的“戏剧情境”索引进行扩展，增添了它们的组合规则集——这是波尔蒂承诺但从未交付的东西。

《情节》是两个中更复杂的，包含一个复杂的片段交叉参考编号系统，可以根据初始的“种子”情节和随后在分支树中选择的路径，重新编译成一个故事。设想一个极为复杂的“自选冒险”故事，这是为作家而非读者所设计的。与珂雪的数学风琴运作相似，通过包含的几张折叠参考表，任何路径都可以被解引用成一幅完整的作品框架。这样，一个追逐可以导致捕获或逃避，每个分支进一步细分为多个甚至递归的可能性。在最初的“情节绘制”路径之后，作者会通过使用额外的参考资料，对个别框架元素进行迭代，“给骨架添加血肉”，包含现实细节（也许在查询前面归档的小片段!）。这样，一个“怀恨在心的小丑恶人在追求复仇”的原型就可以通过让恶人成为一个“肥胖的会计”或“毁容的警察”来变得更具体，他们的复仇表现为“金融欺诈”或“谋杀市政官员”。 76

剧情必需品	编号	建议（来源：索引书）
场景	5	农场
角色	153	出版商
爱人	62	神秘人的女儿
问题	44－4	被迫恢复丢失的信息或线索，距离构成阻碍
爱情障碍	62	爱人怀疑恋人的耐力
复杂情况	136	非法恋情威胁到亲人的幸福
困境	9	因想要获得重要信息的各方威胁绑架
危机	77	发现一个亲人是杀人犯
高潮	29	被杀或受伤的亲人证明是伪装的敌人

维克利夫·希尔的《情节精灵》(1935)，“提供以下大纲”。作者们被期望使用下图所示的精灵轮生成随机数字。这些数字随后会从图表中引用，以创造出一部浪漫剧情的框架。维克利夫·希尔，“情节精灵索引”(Hollywood，CA：E.E.Gagnon，1935)，36。

这个“情节机器人”由一个夹在纸板之间的旋转纸盘组成。在图片的中间偏右位置可以看到一个用来旋转它的凹槽。然后，一个数字会在这个魔法球里显示出来，激发年轻作者的灵感。维克利夫·希尔，“情节精灵索引”(Hollywood, CA: E.E. Gagnon, 1935),36。

77 《情节精灵》比《情节》简单，但它也增加了一个概率元素。这本书附带了一个复杂的插页——一个夹在两块纸板中间的轮子，称为“情节机器人”（Plot Robot）——上面画着一个陈词滥调的精灵，它蹲在魔瓶旁边启发一个年轻作者。轮子转几次就能产生一串数字，这些数字可以转移到附带的空白表格上。希尔出售了多个这样的表格，以及用于浪漫、喜剧、短篇小说和动作冒险的参考书。这个系统以《一千万个电影情节》（*Ten Million Photoplay Plots*）为高潮，包含了“故事卖不出去的十二个理由”“审查规定”“制作成本”，甚至还有“剽窃”等章节。

框架形式、视觉辅助工具、文件系统和算法文本生成器提高了美国作者的生产力，他们为一个不断扩大的市场写作。

这些文件共同提供了充分的证据，证明了美国制造的文本商品在生产中广泛使用了模板工具（苏联是文学产出工业化的另一个热点）。一位当代作者回忆说：“在那些日子里，我严格遵循我所说的［省略了杂志名称］美国短篇小说学校的规则……那个学校主导的故事都像福特汽车一样。它们的马力有限、整洁干净、精细调试、闪亮发光，占用很少的道路空间，结构正确，都按照蓝图来，没有丝毫偏差。”①

① Arthur Sullivant Hoffman, *The Writing of Fiction* (New York: Norton, 1934), 40.

正如我们将在下一章看到的，即将成为人工智能研究 78
先驱的第一批计算机科学家，他们最初就对那些工业时代的文学前辈有所了解。最早记录的人工智能文本生成器实现了这些纸墨系统的简化版本，使用了类似的故事语法、事件数据库、多程文本扩展器、随机树遍历、随机事件引擎、网络遍历和背景世界生成器等技术。

机器获得超越纸质系统的计算能力还需要一些时间（大约是数字文件系统开始与文件柜在存储容量上竞争的时候）。在充满了阴谋、竞争、追逐、冲突、致命不幸和解救的时间线中，对于有抱负的“作者操纵者”来说，未来还有几个惊喜。关键的是，此时我们的故事也开始分裂成许多不同的路径——在语言学、人类学、文学研究和计算机科学等部门之间——每个部门都看不到其他部门的轨迹。

第六章

飞机故事

79 第一代用计算思维讲故事的人，美联航的波音 747 N740PA 算一个，它是读俄罗斯的童话故事长大的。为什么这么说？

在进两步之前，咱们先退一步。带着装满比电脑还早的智能设备的行李，我们抵达了 20 世纪的大门。跨过这个门槛之前，我们还有一个包袱要打开。我的先知型机器读者必然会记得我之前所提的“模板文化”的兴起，这种文化影响了包括知识产业在内的人类所有工业领域。特别是美国作家，他们大规模地发展了按模板写作的习惯——一个世纪后，这种习惯催生了我个人追看《法律与秩序》系列横跨 62 季、1 292 集故事的痴迷。

“故事模板”的概念以多种形式发展，与其对文学创作的影响并行，在文学研究方面同样有着重要进展。

80 就如同浪漫主义者推崇个体的非凡天赋一样，当时人们理解文学的主流方式是从民族主义的角度出发。语言学家如赫尔德（Johann Gottfried von Herder）、斯塔尔夫人（Germaine de Stael）、雅各布·格林（Jacob Grimm，格林兄弟之一）、朗费罗（Henry Longfellow，那座桥得名的原因），都在文学作品中寻找类似“民族的终极精神”的东西，试图探寻独特地反映德国、法国、美国或其他民族精髓的要素。

19世纪中期，作为一门学科，比较语言学出现了，它反对基于民族的研究方法，也旨在解决一个普遍存在的谜团，比较语言学家提问：为何在那些相互孤立的国家间的文学作品中出现了某些相似之处？

在民间传说研究中，这个问题尤其突出，因为那里的地理隔绝情况是有详细史料记载的。比如，在芬兰和霍皮美洲土著的口头传统中，诡计多端的人物形象不约而同地出现，尽管形式各异。比较主义者不专注于每个民族独特的差异，而是突出它们之间的相似性。透过国家特有的“伪装”，他们发现了——我们又回到了熟悉的领域——普遍存在的原型。就像波尔蒂和他的同事创造出文学作品的模板，欧洲的一些学者则分解文学作品来提炼出这些模板。

在这些比较主义者当中——最初包括德国人、法国人和苏联人——我们找到了弗拉基米尔·雅科夫列维奇·普罗普（Vladimir Yakovlevich Propp），他在1928年写了一本影响深远的书，其名为《民间故事形态学》（*Morphology of the Folktale*）。在这本书中，普罗普做了……

我现在就透露这个惊喜：普罗普提出的31种“戏剧功能”，很大程度上与前一章讨论的波尔蒂36种“戏剧情境”相似，却未明确指明出处。在逐行对比文本后，我可以自信地在普洛普“轻度剽窃”这件事的历史注释下签上我的
81 名字。不过，这不是我想要表达的唯一观点。作为敌对方的西方资产阶级作者，波尔蒂与苏联学派相距甚远。他的类型学说也被文人圈子普遍视为禁忌，被认为是“文学奇迹的破坏刺客”。在学术界，无论在哪里，都没有人真正严肃对待那些低俗、商业化的“作者操纵家”。此外，普罗普还提出了原创性的工作，以回应波尔蒂所承诺但未曾兑现的“文学创造的法则”。

$$\gamma^1\beta^1\delta^1A^1C\uparrow\left\{\begin{matrix}[DE^1\text{ neg. }F\text{ neg.}]\\ d^7E^7F^9\end{matrix}\right\}G^4K^1\downarrow[Pr^1D^1E^1F^9=Rs^4]^3$$

“The Swan-Geese”的构成函数。Vladimir Propp, *Morphology of the Folktale*, trans. Laurence Scott (Austin, TX: American Folklore Society, University of Texas Press, 1968), 96。

普罗普为他的“戏剧功能”分配了字母变量，正如其他人在《情节》和《情节精灵》中所做的。然后，他开始寻找控制这些功能排列的算法。书中有一段典型的解释，阐述了“故事是如何组合的”：

一个故事可以被描述为从恶行（A）或缺失（a）开始，通过一系列中间环节，发展至婚姻（W）或其

> 他被用于结局的功能。最终的功能有时是奖赏（F）、收获或广义上的解除不幸（K）、逃脱追捕（Rs）等。这种发展过程被称为一个“行动”（move）。每一个新的恶行或每一个新的缺陷都会创造出一个新的行动。一个故事可能包含多个行动，在分析文本时，首先需要确定它包含多少个行动。一个行动可能会直接接在另一个之后，但它们也可能相互交错；一个已经开始的情节发展可能会中断，然后又加入一个新的行动。①

一旦建立了这种叙事计算法，普罗普就用它来注解一个样本故事，故事是关于一只偷走孩子的天鹅。

那么，这些运用算法的神话天鹅，它们飞往了哪 82
里呢？

以化学为类比，我们分解物理物质为化学组成部分的能力，使我们发现了像阿伏伽德罗定律（Avogadro's law）这样的基础规律。普罗普希望，他的叙事功能计算能以类似方式为文学的新发现铺路。

有了他的形式化方法，现在可以比较不同民族传统中的故事公式，解开比较语言学的谜题。不同文化之间的共通之处是可以通过普遍构成法则来解释的，还可以准确地发现和描述其他公式。

---

① Vladimir Propp, *Morphology of the Folktale*, trans. Laurence Scott (Austin, TX: American Folklore Society, University of Texas Press, 1968), 92.

最后，对于我们的许多作家—工程师（例如波尔蒂）来说，一个偶然的过程——为语言操纵制造个别构建模块——有望变成一个有组织、科学的努力——一门真正的文学科学。

当时看来情况是这样的。普罗普的系统最初并没有吸引多少追随者。更复杂的情况是，在其书籍出版后的几年，也就是20世纪30年代后，苏联学术界变得更加封闭。第二次世界大战后铁幕降下，进一步将苏联科学与世界其他部分隔离。普罗普继续在列宁格勒国立大学安静地教授民间故事课，即便他的工作几乎被同事们遗忘。

我们稍后还会回到这一主题——1968年，《民间故事形态学》将被翻译成英文，成为年轻的波音公司每个机库共同参考的引用资料。

英语句子的随机生成

83 与此同时，在美国的某个地方，对语言的比较研究正沿着自己的独立轨道发展。像齐利格·哈里斯（Zellig Harris）、伦纳德·布龙菲尔德（Leonard Bloomfield）和爱德华·萨丕尔（Edward Sapir）这样受过比较语言学训练的学者，在宾夕法尼亚大学、芝加哥大学和哥伦比亚大学建立了这个国家最早的一些语言学项目。

这些美国人——不管本身是难民，还是难民的后代——都与全球的同行一道，成了一个很快被正式命名为“结构主义”的宏大学术运动的一部分。

任何带有“主义”的词汇都让我感到忐忑，因为它通常代表着一系列定义模糊且备受争议的观念。思想僵化的人往往会把一个便利的标签误认作教条。很少有人能不加批判地全盘接受一个“主义”的所有原则，而不进行一些个性化的调整或持有不同意见。因此，即使是信奉同一“主义”的两个人，也可能持有相当不同的观点。或者，一个人可能仅仅因为信奉了某个“主义”中的某个观念，就被贴上“某主义者”的标签。

所以，让我们不要在定义的争议中迷失方向。要记住的是，我们感兴趣于模板文化的传播，这是如今人工智能的根基。我们还有一架阅读俄罗斯民间故事的飞机要讨论。这两个话题都与结构主义相关。

广泛来说，任何名称下对隐藏的普遍模板的探索——及其所有的相关概念，如样式、框架、原型、法则、功能、规律——都可以归入结构主义的范畴。无论你怎么称呼它，在一次鸡尾酒会上，用简单的话概述就足够了，正如
皮亚杰（Jean Piaget）（自己所建议的）那样，他将其解释 84
为“对隐藏秩序的寻求”[1]。而为“结构主义”一词的流行

[1] Jean Piaget, *Structuralism*, trans. Chaninah Maschler (London: Routledge and K. Paul, 1971), 3–16.

推波助澜的罗曼·雅各布森（Roman Jakobson）则写道，它揭示了“系统的内在法则”[1]。在《牛津哲学词典》中，西蒙·布莱克本（Simon Blackburn）晚近给出的解释是，结构主义者在“表象现象的地方差异背后”寻求“抽象结构的恒定法则”，在这些法则下，“表面上多样化的神话集合、艺术作品或婚姻习俗，可能被显示出拥有相同的样式”。至此，我们应该对这一切都不陌生：样式，还有模板！

有了这些粗略的定义，让我们来预见一些有趣的复杂性。两个人“分享一个样式”或“表达结构”似乎很简单。你的语言听上去和我的很像。但是，这个样式或共同性，究竟具体存在于哪里？

答案并非一目了然。比如，你可以说：“我和那个人一点共同点也没有。我否认有任何相似之处。我的样式在我的头脑中，而你的则在你的头脑中。”

也可能是我们都上过同一所学校，你会说：“没错！我们有过相同的英语老师。是他们教我们这样说话的。那个样式在我们共同使用的教科书中。”

还有人可能会反对说：“不，是我们的大脑结构相似。这个样式源于所有人类共有的解剖结构。”

---

① Roman Jakobson, *Selected Writings, II: Word and Language* (The Hague, NL: Mouton, 1971), 711.

这些都是合理的回答——样式存在于观察者的思维中；在我们的教科书里；在我们的社会教育中；在课堂中；也在所有人类共有的大脑解剖结构中。

那么，我们应该在哪里寻找样式呢？科学研究需要明确的对象和地点。但令人困惑的是，这些答案把我们指向了多个方向。第一个答案促使我们研究自我心理学。如果模板存在于我的脑海中，我也可能会研究我是如何认识事物的，即认识论。第二个答案会引导我们研究学校教科书的档案，研究在语言或文本中样式的传播——这是语言学 85
或文献学的领域。在这里，我们还可以参观各种课堂，观察教学实践，使用人类学或社会学的工具。而如果我告诉你样式存在于我们共享的大脑解剖结构中，我们都可以使用手术刀和 MRI 设备来更好地研究大脑结构——这是神经科学的方法。从对语言的初步见解出发，我们已经被引入了一系列多样化的学术探索领域。

顺便说一句，所有这些领域都被结构主义彻底改变了，它们也在争夺各自“主场”方法的主导地位。

关于“我们应该在哪里寻找样式？”的问题带来了另一个严肃问题：像语法、规则集合和公式这类东西真的存在吗？结构可能真实存在，就像支撑身体的骨骼那样实实在在。如果移除了框架，建筑就会倒塌。

结构也可能以蓝图或图解的形式真实存在。它可能只是一种精确描述事物的方式，并不实际支撑任何事物。蓝图对建筑的建造非常有用。然而，建筑也能在没有蓝图的情况下屹立不倒。结构主义最终是要发现类似脚手架或骨架的东西，还是类似图解和蓝图的结构呢？对此并没有达成共识。

不管是哪种情况，大家都同意结构存在于“表面之下”。但是，大多数人在不思考它们隐藏的结构规律的情况下，也能生活在建筑中并使用语言。那么，如何验证一个发现的结构以确保它是真实的呢？如果所发现的只是另一个虚构的故事怎么办？

在化学中，规律可以通过实验来验证。我们之所以知道它是真的，是因为它能预测现实世界中的物理结果。到目前为止，我们无法测试波尔蒂或普罗普的公式是否正
86 确。世界上到底有 33 种还是 36 种戏剧性情境？这些作者在没有提供证据的情况下就自信满满地提出了他们的观点。在他们的系统出现分歧的地方，我们也没有办法比较这两种互相冲突的结构描述。这门新兴科学缺少了一个重要部分——实际经验的验证。

这时，乔姆斯基闪亮登场，他是哈里斯的学生，也是那位在本书第一章中提出“无色的绿色想法狂暴地沉睡”的语言学家。像其他结构主义者一样，乔姆斯基在寻找隐藏的语法规则，类似于普罗普的“生成规则”。但与其他人不同的是，乔姆斯基找到了一条摆脱验证困境的路：检验任何结构性原则的标准，在于该原则能否构造它所宣称

的对象。

把它想象成烹饪的过程：如果你宣称复现了你祖母的苹果派食谱，你应该能亲自制作出来。如果你的妹妹声称她发现了一个“更地道”的食谱，那么她制作的派最终应该更贴近祖母的原味。对乔姆斯基来说，检验一个语法体系的标准，在于它能否产生语法正确的语言。

这个理念很快就被视作语言学领域的一个重大突破。普罗普的分析拆解故事以导出一个公式，乔姆斯基则提出按照这个公式来重新构建故事。如果这个公式正确，就像祖母的食谱一样，它应该能重新创造出可口且结构完整的童话故事。但是，如果生成的语言杂乱无章，我们就知道公式有问题。生成性测试允许我们对两套相互矛盾的规则进行严格的直接比较：让更优秀的说书人胜出。

关于乔姆斯基漫长的职业生涯，可讨论的地方有很多，而且确实已经有很多文献。目前，我们只需注意：（a）他对于类似语法的规则集的兴趣是大多数结构主义者共有的，以及（b）他评估这些规则的方法确实是创新性的。

1957 年，在麻省理工学院，我们跟随乔姆斯基早期关 87
于句法结构的研究，26 号楼即将迎来它的第一台 IBM 大型计算机——这是美国专为学术研究而建造的首批计算机之一。该计算机很快被电子研究实验室（RLE）投入使用，这个实验室隶属于现代语言系的通信科学中心，乔姆斯基在那里作为一个庞大团队的一员工作。计算机非常适合用于测试生成语法。为了描述这些语法，实验室创建了一种特殊的机器语言，名为 COMIT，它能迅速生成数千个句子。

正是在这里，我们首次目睹了现代对话式人工智能的完整拼图在同一个空间内拼合齐整。不久之后，其他大学也纷纷跟进，开启了一个友好的竞赛，语言实验室之间争夺着开发出最具口语表达能力的机器人。乔姆斯基的理论鼓励了这种直接的竞争。

1961 年，麻省理工学院首次展开了随机英语句子生成器的研究。这项研究得到了美国陆军（通信兵团）、美国空军（空军研究与发展指挥部）、美国海军（海军研究办公室）的资助，并特别复现了洛伊丝·兰斯基（Lois Lenski）在 1940 年创作的儿童书籍《小火车》（*The Little Train*）。这篇论文的作者是麻省理工学院另一位著名语言学家维克托·英格夫（Victor Yngve）。[①]

当时，军方对儿童书籍的兴趣，源于它们作为新型军事指挥结构的一部分，该结构被设想为一个巨大的计算机网络，分布在各个区域控制中心。复杂的自动化系统需要能迅速且半自动地应对像核打击这样的威胁。拦截一枚导

① Victor H. Yngve, "Random Generation of English Sentences" (paper presented at the International Conference on Machine Translation of Languages and Applied Language Analysis, National Physical Laboratory, Teddington, UK, September 5 – 8, 1961), 66 – 80.

弹需要以极快的速度激活一个复杂而协调的反应机制，涉
及许多协同运作的部件。因此，国防的各个组成部分——
人员、武器和技术之间的协作变得相当复杂，这取决于人 88
员掌握的计算专业知识水平。如果计算机代码成为新的指
挥和控制的“幕后”语言，那么在“前台”面对士兵时就
必须使用普通语言。

生成语法提供了一种方法，能让人类直观地理解技术的复杂性，这与人类沟通的自然方式相契合。因此，我们不应惊讶地得知，MITRE 公司（其口号是“解决问题，为更安全的世界”）撰写了数百篇关于生成语法的论文。MITRE 公司成立于 1958 年，如今是美国最大的国防承包商之一，它的成功部分归因于对民间故事和《小火车》等儿童书籍的研究。

与你在过去的语法书中所见的不同，英格夫的语法极为紧凑。它由三条主规则组成，进一步细分为约 108 个子程序，在大约同样数量的代码行中实现。这些足以构建许多简单的英语句子。紧凑的程序设计与实验室的 IBM 709 计算机的物理内存限制非常匹配，该计算机的内存最多只能存储 32 768 个单词，还包括用于系统管理任务的代码，如读取数据或打印（当时的计算机文档通常使用单词而非字节来报告内存大小单位）。

这三条最主要的规则分别是加法、随机化和插入规则。让我们仔细看看每一条：

1. A=B+C［加法］

2. A=B, C, D, E...［随机化］

3. A=B+...+C［插入］

第一条规则意味着任何构造 A 都可以通过加法来扩展。例如，任何提到 SENTENCE（句子）的地方，都可以
89 用 SUBJECT（主语，即动作的执行者）+ PREDICATE（谓语，即关于主体的陈述）来替换。在句子“Mary had a little lamb”（玛丽有一只小羊）中，“Mary”是主语，“had a little lamb”是谓语。

我们现在可以仅凭加法规则就从零开始构建一个句子。在每一步中，将等式右边（B+C）的每个元素移动到左边（A）。我们从将 SENTENCE 扩展为 SUBJECT（Mary）+ PREDICATE 开始。然后，我们将 PREDICATE 扩展为 VERB（动词，had）+ OBJECT（宾语）。OBJECT 扩展为 ARTICLE（冠词，a）+ NOUN PHRASE（名词短语）。最后，NOUN PHRASE 扩展为 ADJECTIVE（形容词，little）+ NOUN（名词，lamb）：Mary had a little lamb（玛丽有一只小羊）。

第二条规则意味着任何元素 A 可以由 B, C, D, E 等任何元素随机化。这样，如果 A 是一个 NOUN（名词），B 至 E 可以包含一些选项，包括 lamb（羊）、chicken（鸡）、goat（山羊）等。一个基本的随机数生成器相应地变化结

果。给定几个选择，第二条规则允许变体，例如“Jerry had a little goat”（杰瑞有一只小山羊）。

第三条规则使得在其他元素之间插入元素成为可能。这样做是为了适应英语中的特殊短语动词，如 sort out（整理）、give up（放弃）或 take off（起飞）。不幸的是，对于我们这些英语作为第二语言的人来说，有时这些短语会被直接宾语打断，例如短语“We THREW the box AWAY ”（我们把盒子扔掉了）。需要在动词“throw”和其连用的介词“away”之间插入“the box”（这个盒子）。结合加法和插入规则，短语动词可以从短语中间扩展，就像在“We THREW the bigger box AWAY ”（我们把更大的盒子扔掉了）中发生的那样。这里，在“throw” + “away”之间，我们插入公式名词短语 = 形容词（“bigger”） + 名词（“box”）。

这三条规则几乎足够生成一个连贯的文本——几乎。使用原始故事中的有限词汇，英格夫报告称，他用这套系 90
统生成了约一百个句子，内容围绕一个名叫斯莫尔（Small）的工程师，以及他所掌管的小火车，其中例句包括：

(007) 水很大。

(025) 蒸汽被加热了。

(041) 斯莫尔为水感到自豪。

（C63）水被擦拭得发亮。

（C74）他有蒸汽。

（C78）水被擦拭得发亮。

（C79）水中有油润的小沙圆顶，它们在一个钟形物中。

（C90）当一个火箱拥有四个汽笛时，他的铃声，斯莫尔和工程师斯莫尔，他加热了，细小的，涂油的，再涂油的，还有涂油的哨子。

根据乔姆斯基的论点，这些结果应足以验证语法的正确性。现在我们可以肯定，与任何其他语法形式相比，加法、随机化和插入规则是“正确的”，因为它们在实际中已被证实能生成语法正确的句子。英格夫在他的论文结论中写道：“目前没有任何理由怀疑，相同的形式体系，不能被用于建构一套完整的英语语法。”如果对于《小火车》而言三条规则已经足够，那么彻底描述英语的目标似乎近在咫尺。

早期的乔姆斯基语法实验显示了潜力，但从后来的角度来看，也暴露了一些怪异之处。

91 像英格夫实施的那种简单语法，它只涉及句子的句法结构，而不包括任何决定句子意义的逻辑。因此，虽然这样的生成器生产的句子在语法上总是正确的，但它们并不总是合乎情理的。最初，乔姆斯基和他的同事尝试完全忽略意义问题。他们认为，通过加入一套控制语义的新规则，可以在后期生成有意义的句子。这是他们当时的设想。

然而，与句法相比，意义证明是一个更棘手的问题。句法是一个有限且封闭的系统。一个句子按照自身的规则运行，与外界无关。而意义则蕴含在世界之中，受到各种变化的影响。意义会随着上下文的不同而变化。为了让句子不仅在语法上正确，而且有意义，它们必须遵守物理和历史的规则。而这些更高阶的语法规则代表的不仅是一个而是多个额外的系统。是否能像句法规则那样将它们统一起来，这还有待证明。从卢尔到威尔金斯，再到洛夫莱斯，所有聪明之士都遇到了这个问题。

乔姆斯基的生成语法的另一个奇异之处在于它的物理位置。正如我们之前讨论的那样，你寻找的地点会决定你得到的答案的性质。

乔姆斯基认为语法存在于人类的大脑中。但这些规则是在计算机上实施的。在一个地方行得通的东西，在另一个地方未必可行。例如，很明显，英格夫团队优先选择了简洁、紧凑的程序设计。事后看来，这种倾向可能与早期计算机的限制有关，而不是大脑的需要。如果发现那些语法仅仅是机器上的现象，不适合人类使用，那又将如何呢?

然而，英格夫经常将人类和计算机混为一谈——例
如，当他讨论到计算机内存的容量时，他指的是“最多只 92

能存储大约七个符号”[①]。这一对计算机硬件的最低可行要求，竟引发了他的团队开始对“英语乃至所有语言”的猜测。“在临时记忆中无须存储超过大约七个项目”，英格夫得出的结论似乎同时指的是计算机内存和人类的解剖构造。

但是，为什么语言或大脑会和 IBM 709 这样的计算机有相同的限制呢？相同的结果可能通过不同的途径实现。计算机和大脑可能依赖完全不同的软件架构。发现一套规则可能与另一套规则毫无关系。乔姆斯基的语法真的描述了大脑中的实际结构吗？或者它仅仅是对心智的一种比喻，在计算机硬件上类比模拟了一些心智的功能？

无论如何，这些结果仍然振奋人心。全国各地出现了许多计算实验室，每一个都试图对这一基础公式进行改良。

在那个时代，一些著名的自动故事生成器包括：由伯特·格林（Bert Green）、爱丽丝·沃尔夫（Alice Wolf）、卡罗尔·乔姆斯基（Carol Chomsky）和肯尼斯·劳格瑞（Kenneth Laughery）在 1961 年于麻省理工学院编程的自动问答系统 BASEBALL；丹尼尔·博罗（Daniel Bobrow）的 STUDENT 问答系统（1964），起源于麻省理工学院，后来在雷神 BBN（Raytheon BBN）发展；约瑟夫·魏岑鲍姆（Joseph Weizenbaum）在麻省理工学院开发的 ELIZA；玛

① Yngve, “Random Generation,” 66 - 80.

格丽特·马斯特曼（Margaret Masterman）在英国剑桥开发的 TRAC（1971）；肯尼斯·科尔比（Kenneth Colby）的 PARRY（1972）；罗杰·尚克（Roger Schank）和团队在斯坦福大学人工智能实验室（Stanford's Artificial Intelligence Laboratory）开发的 MARGIE（1973）；尚克（Schank）和罗伯特·阿贝尔森（Robert Abelson）的 SAM（1975）；詹姆斯·米汉（James Meehan）受 SAM 启发在耶鲁大学开发的 TALE-SPIN（1976）；马修·阿佩尔鲍姆（Matthew Appelbaum）和谢尔登·克莱因（Sheldon Klein）在威斯康星大学开发的 MESSY（1976）；尤金·查尔尼亚克（Eugene Charniak）的 Ms. Malaprop（1977）；由 Xerox Palo Alto（帕洛阿尔托的施乐公司）团队开发的 GUS（1977），团队成员包括丹尼尔·博罗（Daniel Bobrow）、罗纳德·卡普兰（Ronald Kaplan）、马丁·凯（Martin Kay）、
唐纳德·诺曼（Donald Norman）、亨利·汤普森（Henry 93
Thompson）和特里·温诺格拉德（Terry Winograd）；温迪·莱赫特（Wendy Lehert）的 QUALM（1977）。这些都是众多例子中的一部分，尽管当时还是以男性为主导。

语言学引领了这波研究浪潮，但人工智能也包含了其他早期学科，如机器人学、视觉研究、逻辑学、决策论、控制论和神经科学。

图灵关于心智的著作在大众想象中巩固了与机器人的对话，1973 年 ELIZA 和 PARRY 之间的舞台对话也是如

此。一台名为 RACTER 的机器出版了一本广受讨论的诗集，名为《警察的胡子长了一半》(1984)。会说话的机器人的形象变得司空见惯，出现在了许多影片中，如戈达尔的有影响力的《阿尔法城》(*Alphaville*，1965)、库布里克的《2001 太空漫游》(*2001：A Space Odyssey*，1968）和卢卡斯的《星球大战》(*Star Wars*，1977)。随着更强大的个人计算机的出现，五角大楼构想的军事 AI 系统开始融入工作场所。商业人工智能系统开始出现在医学、法律、教育和航空等领域。

故事编织机

乔姆斯基的语法也变得越来越复杂，在意义的边界上，也逐渐触及句法的极限。正如我们所看到的，句法控制着句子生成的规则。句子承载着单一的思想。为了构建更复杂的、多元链接的单元，如段落或故事，则需要更高阶的规则集。

那么，哪里可以找到用于创作故事的规则集呢？民间传说研究自然成为一个显而易见的盟友。普罗普的《民间故事形态学》在 1968 年被译成英文并重新引起关注，这恰
94 逢人工智能项目开始转向故事语法的研究阶段。英语句子的随机生成器将发展为英语故事的随机生成器。

1976 年，詹姆斯·米汉（James Meehan）在耶鲁大学

提交了他的博士论文，指导老师是罗杰·尚克（Roger Schank），尚克此前在SAM故事讲述者的工作中采取了与生成语法不同的方法。尚克和米汉都对产生"图式"（schemas）感兴趣，这在20世纪初工业时代作家的作品中非常突出。

这个电脑程序，也就是米汉的博士论文，叫"故事编织机"（TALE-SPIN），它被设计来用英语生成像《伊索寓言》那样的故事。[①] 这个程序可以和用户互动，用户可以指定角色、个性特征及角色之间的关系。

除了像《情节》和《情节精灵》这样"如何做"的指南，模式也作为概念在结构主义心理学中出现，最显著的是在让·皮亚杰的工作中（本章前面提到他时，他为我们定义了结构主义）。图式有点像算法，代表了一组规则。但和通用的语言语法不同，图式包含了特定现实世界情境的骨架大纲——一个模板。

皮亚杰认为图式在儿童成长中扮演了关键角色。根据他的研究，人类基于一些显著的特征来识别复杂情境。你怎么区分生日派对和葬礼？只要观察到派对帽和气球，人们就能确定是生日派对。不需要更多信息（除非我们在一个小丑的葬礼上，我猜如此）。大脑会自动补全其他

---

① James Richard Meehan, "The Metanovel: Writing Stories by Computer" (PhD diss., Yale University, Department of Computer Science, September 1976).

信息。

语法包含了简洁的公式，而图式描述了常见情境的“脚本骨架”，包含典型细节：预期角色、地点、目标和活动的列表。像波尔蒂这样的剧本作家，正是将图式卖给好
95 莱坞，供其剧本使用需要。心理学家推测，儿童在记忆中积累了脚本，作为一种认知速记，用于后来的识别工作。戏剧性的和心理学上的两类脚本在本质上紧密相关。

至关重要的是，图式描述了世界上事物的关系——派对帽、气球、蛋糕——而语法描述了语言中单词的排列关系。基于语法的生成器产生了语法正确但往往没有意义的句子，图式则以一种在上下文中也有意义的方式排列单词。结合起来，由语法和图式共同主导的新文本生成法，保证了语法正确又有意义的故事。

等到米汉开始撰写博士论文时，基于语法的语言生成似乎成了一个已经解决的问题。他的导师尚克确立了脚本图式的有效性。米汉的“故事编织机”结合了这两种方法，还受到波尔蒂（法国剧作家）和普罗普（苏联民间学者）的影响。

“故事编织机”的故事创作，首先生成一个世界，然后在其中规划路径，类似于基勒的社会“网络写作法”。程序启动时，读者被要求从预定义角色列表中选择几个选项：熊、蜜蜂、男孩、女孩、狐狸、乌鸦或蚂蚁等。相应的角色图式都被实例化为一个样本模板，使用随机选择的

类型属性：这只熊是高还是矮？雄性还是雌性？棕色还是黑色？熊的模板指定了熊住在家里，家应该在地图上的某个地方（这又涉及另一个模板）。熊还拥有一些物品，可能是餐具和家具。程序正式地随机指定了洞穴、草地、山丘和森林，每个都按照自己的图式。现在，故事可以用一只熊在山顶洞穴里舒适地休息来开头。

在选定几个角色后，这个程序还会尝试模拟角色的心 96
理状态——它知道什么、想要什么、相信什么，以及它的目标和动机。比如，我们的熊可能饿了，但不知道去哪里找蜂蜜。它的朋友蜜蜂知道蜂蜜在哪里。它们的心理状态不同，带来了不同的故事发展可能性。故事解决计划中的饥饿感开始发挥作用。模板会指出，饥饿可以通过“吃”这个动作来解决。

这里，舞台终于为一个温馨的故事搭建完毕，准备讲述蜜蜂和熊在高山草甸上共享一餐。至少理论上是这样。

由于完成博士论文的时间紧迫，米汉的“故事编织机”的部分内容仍停留在理论层面。其中包含的代码产生了类似如下骨架结构——

＞约翰熊从洞穴入口走到灌木丛，通过横贯山谷的通道，穿过草地。

＞约翰熊拿了蓝莓。约翰熊吃了蓝莓。蓝莓

没了。

＞约翰熊不太饿了。结束。

＞——决定：你想要关于那些角色的另一个故事吗？

在英格夫的随机英语句子生成器诞生大约16年后，以及普罗普的《民间故事形态学》出版40多年后，机器学会了讲述超出单句长度的简单故事，既做到语法正确，又保证了大体上有意义。

航空事故报告

97 虽然取得了以上成功，但到20世纪90年代末，基于图式和语法的方法已显疲态。那时，军方也对童话故事失去了兴趣。现在，图形用户界面——而不是日常语言——成了与计算机交互的主要范式。那些曾在语言生成中表现出色的紧凑语法体系，并未成功扩展到更复杂的叙事单元。普罗普的公式在分析上被证明是有点用处的，但未能通过乔姆斯基的生成性测试。计算机还没有足够的能力来完成这项任务。

图式对特定情境很有效，但它们本身过于笨重，难以准确组合。想象一下，如果用脚本、模式和戏剧情境来描述一个像机场这样复杂的环境，会涉及几乎无限的描述。一架飞机本身就包含了翅膀、引擎、机身、人、婴儿、衣服、午餐、晚餐、酒精使用、行李、螺栓、紧固件、灯光、空气系统、乘务员时间表、制服、机长帽子、边缘、纽扣、航空公司标志等一整套图式——在图式内部不断地放大和缩小。

在航空业——一个充斥着检查表和语音驾驶舱警告系统的行业——米汉基于俄罗斯童话模板制作的“故事编织”技术，在分析航空事故报告这一特定领域却被证明是有用的。

波音知识系统小组的彼得·克拉克（Peter Clark）在
撰文中引用“故事编织机”，并解释说事故报告“描述和
分析了飞机运行期间不寻常/意外的事件链”，这可能包括 98
机械故障、飞行员生病或异常操作。这些报告像民间故事
一样，充满了戏剧性和悬念。联邦航空管理局的事故数据
系统（FIDES）中一个典型的飞行摘要呈以下格式：

961211044319C

乘客在滑行到跑道时咒骂空乘人员。

机长返回登机口。

乘客被带离。

961216043479C

右引擎涡轮机故障。改飞至里士满。

超重着陆。

已控制涡轮机故障。

960712045359C

机长在着陆后失去意识。

着陆和滑行都不稳定。

副驾驶接管。

机长中风。

作为故事，这些可以使用叙事学工具进行分析。它们包含了开始、中间和结束。故事中间则有危险、出发与返回。根据克拉克的说法，如果计算机要理解航空事故，“至少应该能生成合理的事故情节”，并能按顺序以叙事的方式——由角色和事件组成——对它们进行推理。

99 借鉴米汉的“脚本和模式”方法，克拉克因此能够通过程序化生成来模拟类似于实际 FIDES 数据库中的“飞行故事”。就像米汉的鸟和熊一样，克拉克的飞行员实体包含了以目标为导向的行为脚本，例如“将乘客送到达拉斯”，这涉及一系列预定义的任务。一个新事件——比如乘客生病——会将图式从“运输乘客”改为“获得医疗帮助”。故事引擎会继续模拟行动者并安排事件，直到它达到一个令人满意的结论：

乘客登机了。

飞机滑行到跑道。

飞机从西雅图起飞。

飞机飞往芝加哥。

引擎起火了。

飞机在芝加哥着陆。

乘客从飞机上疏散。

克拉克的程序在模拟“理性追求目标”方面是智能的。它对随机事件的“理解”，体现在具备一套关于他者心智的初级理论，由此，虚构的飞行员和乘客表达了某些目标，知道如何实现目标，并因他们的成就而自我改进。一旦这样的图式就位，克拉克也希望反向运作是可能的。故事生成系统也是一个故事分析系统：飞行员为什么要改变他们的航线？是因为有乘客在飞机上生病了吗？一个智能机器可以双向穿越因果链，在飞机每天生成的数百万条信息中找到图式。也许有一天，这样的系统可以自主驾驶 100
飞机。

虽然风头不再，但图式生成器的研究并未出局，相关研究论文的数量在 20 世纪 90 年代继续攀升，部分原因是它们在特定条件下取得成功——在教育、游戏设计、客户服务和医学等领域，脚本在计算机出现之前就已经在流通。

教育工作者开始对他们的作业、教学大纲、评估方法和课程计划进行数字化、现代化改造。图式驱动了沉浸式电子游戏世界的创造，比如《博德之门》（*Baldur's Gate*）

和《矮人要塞》（*Dwarf Fortress*）这样的经典游戏。同样，病人和医生之间的互动也被模板化成医学中发现的数字形式和下拉菜单。模式开始越来越多地在计费和诊断之间扮演中介角色，直到成为每个医疗机构信息基础设施的重要部分。

如今，病人和乘客在与自动客服代理交谈时，都容易迷失在选项的迷宫中，这在航空公司和保险公司那里已得到广泛体现。任何人只要观察他们的医生在费力地填写病历记录，就可以理解叙事图式在大型现代官僚机构中的普遍性。健康和疾病的故事在医院的复杂蜂巢中交换，在那里，走错一个走廊，医生鼠标的一个错误点击——从一个下拉菜单中选择了错误诊断——都可能永远改变病人的结果。

第七章

概率宇宙

21 世纪语言智能的一大进步，源于一位统计学家，他 101
在数学期刊上发表了一篇鲜为人知的陈旧论文，探讨的却是俄罗斯最伟大的诗人普希金。

轮盘、表格、样式、模板、图式——现在到了追溯最后一个神秘符号的时候了——猎户座的腰带。它是一串词语，基于观察到的概率，按统计学上可能的延续顺序排列，被称为马尔可夫链。这一理念超前于时代，它曾在档案中蒙尘，直到计算机变得强大到足以理解其价值的时刻。迄今为止，我们所遇到的角色都属于同一方法论家族，而马尔可夫采取了一种截然不同且简洁的方法。这一链条代表了一个完全独立的、以统计为导向的语言学分支，它与传统语言学的常规做法背道而驰，在此过程中，它改变了“意义”的本质内涵。

在上一章中，我提出了一个核心问题，关于意义可能存在的不同位置：是存在于世界中、心智中，还是存在

于纸面上。乔姆斯基和其他认知心理学派的成员强调的是心智。因此，语言语法应该在大脑中找到。尽管正如我
102 们所见，乔姆斯基的同事大多是在计算机之内寻找它们。

图式之所以强大，是因为它们能捕捉现实世界中的情况。它们描述了常见的情境，无论是在医生的办公室还是机场，医生通常携带着听诊器，飞行员则常出现在飞机附近。语言使用者也将这样的图式附加到个别语词上。对于飞行员来说，单词“飞机”不仅仅意味着字典上的定义，还是一系列与乘客的理解不同的联想。“飞机”的这两种含义既有重叠，但也有不同。它们对不同的人意味着不同的东西，因为它们来自不同的生活经历。

在影响深远的著作《意义之意义》（*The Meaning of Meaning*，1923）中，语言学家奥格登（C. K. Ogden）和理查兹（I. A. Richards）称这种联系为“符号情境”，即单词通过与实际事物同时出现而构建起关联。例如，父母在早餐时喂孩子吃饭，会简单地谈论食物。他们可能会在从碗里舀燕麦时说“美味的燕麦”。通过重复，孩子会在“燕麦”这个符号和吃燕麦的情况之间形成持久的联系，其中包含了实际的谷物、碗、勺子、父母和早餐等元素。单词“燕麦”最终会“意味着”这一关系——连接单词、心理图像和吃这种东西的行为。对于奥格登和理查兹来说，符号情境使语言成为“合理合法的令人惊奇的对象”和“我

们对外部世界所有影响力的源泉”[①]。

但是，当孩子吃燕麦粥的时候，语言模型却没有吃。任何对语言的描述都不可避免地与经验脱节，因此可以说是“疯狂地幻想”。语言模型在语义（意义）方面一直举步维艰。为了打破语言的桎梏，统计学家将语境理解为语言 103
的直接语境——无须物理经验。只要能发现一些单词倾向于出现在其他单词附近就够了。这种大致的接近就足以产生意义。

例如，对我们的“机器孩子”来说，即使在现实世界中它对燕麦一无所知，却也能领悟到，这个词经常出现在“碗”“吃”“桌子”“早餐”和“勺子”这样的词旁边，而很少出现在像“推土机”或“军火”其他这样的词旁边。从这些事实中，它可以合理地推断出燕麦与用勺子在餐桌上吃早餐这件事有关，而不是与战争或建筑有关。这种机器“学习”依赖于观察先前出现的情况。计算机阅读关于燕麦的内容越多，它关于其常见语境就学得（隐喻性地）越多。然而，要等到机器有足够的内存或处理能力来保留足够的信息，以开始有意义地工作，还需要几十年的时间。

一个世纪前，在俄国革命期间的某个地方，安德烈·

① C.K. Ogden and I.A. Richards, *The Meaning of Meaning: A Study of the Influence of Language Upon Thought and of the Science of Symbolism* (New York: Harcourt, Brace, 1936), 47.

安德烈耶维奇·马尔可夫（Andrey Andreyevich Markov）作为一名数学家度过了他的一生，他对大脑、推土机、燕麦粥或任何其他令人惊奇的对象并不特别感兴趣。1912年，他致信俄罗斯东正教教会的领袖，简洁地宣布正式脱离教会。“至于原因，”他写道，“我引用我的《概率微积分》（*Calculus of Probabilities*）一书中的段落吧。鉴于我的工作，我应该极度怀疑基督教和犹太信仰中那些不太可能发生的事件构成的故事。这个话题与我的生活或数学无关。”① 他总结道。

他对亚历山大·普希金的论文也流露出类似的幻灭感，普希金是俄语中最受尊敬的诗人之一，而他这篇论文在文学学者中的接受度却冷如冰石。

104 受到前一代定量文学研究者工作的启发，这篇论文关注的是普希金的诗体小说杰作《叶甫盖尼·奥涅金》。马尔可夫没有提到普希金的文学或哲学价值。事物或思想的世界被完全搁置一旁。相反，马尔可夫将文本中的每个字母转换成一系列数值，他称之为“关联试验”（linked trials）或“关联链”（linked chains），每个数值表示一个字母紧随另一个字母出现的概率。

想象一下，我们正尝试猜测在一个英语单词中，首字

① L. I. Emelyakh “Delo ob otluchenii ot tserkvi akademika A. A. Markova”［马尔可夫脱离教会一事］, *Voprosy istorii religii i ateizma* 2(1954):397－411。

6	8	11	11	13	49	16	11	9	8	7	51	14	12	7	8	6	42	5	11	10	6	10	42	10	6	6	6	7	35
12	11	7	7	5	42	4	8	9	11	10	42	5	5	11	9	11	41	12	8	8	11	7	46	9	12	15	6	9	51
6	6	6	7	13	33	9	9	9	7	10	44	8	10	6	10	7	41	7	7	12	10	9	45	9	8	6	10	9	37
8	10	11	9	4	42	12	9	6	10	7	44	11	11	8	3	10	43	8	12	7	9	9	45	9	11	8	5	6	39
10	11	5	10	8	44	3	8	10	8	9	38	4	4	11	14	8	41	12	8	10	9	8	47	9	10	10	10	9	48
42	46	40	44	43	15	44	45	43	43	44	19	42	42	43	39	42	8	44	46	47	45	43	25	46	42	45	37	40	10

8	7	8	7	10	40	11	11	8	7	7	41	11	10	10	12	6	49	12	9	8	10	10	49	8	9	9	5	8	39
10	9	9	8	8	44	9	6	10	11	11	47	4	4	9	7	9	33	8	10	12	9	10	44	7	9	9	11	7	43
8	9	8	8	8	41	12	9	9	5	6	41	11	13	6	9	10	49	11	11	6	11	10	49	10	6	6	9	9	40
10	6	13	6	12	47	10	8	6	11	11	46	6	7	11	8	6	38	10	8	11	6	7	42	7	8	15	6	9	45
8	12	5	13	6	44	7	6	8	9	8	38	8	6	10	7	12	43	6	8	7	9	6	36	11	7	6	11	10	45
44	43	43	42	44	16	49	40	41	43	43	10	40	40	46	43	43	12	42	46	41	45	43	20	43	39	45	42	43	12

普希金的《叶甫盖尼·奥涅金》的第一行用一系列链式字母概率来表示。“A Statistical Study of Eugene Onegin Illustrating a Linkage of Chained Trials,” *Imperial Academy of Sciences in Saint Petersburg*, series VI, volume VII, issue 1,1913。

母Z之后最可能接的是哪个字母（类似于Wordle游戏）。考虑到像zag或zap这样的单词，A会是一个很好的猜测。O可能会让我们想到zoo或zombie。然而，某些字母永远不会跟随Z，因为没有单词包含ZK或ZP这样的组合。你可以尝试在纸上写下几个随机字母，然后猜测从它们可能形成的单词来实验马尔可夫链。

在这里，我们还需要展开一段小小的历史支线。我们
到目前为止一直视而不见的，就是电报的发展，大致从巴 105
贝奇时代开始，延续至马尔可夫时期，一直到麻省理工学院的第一台供研究使用的计算机，电信和计算的历史在那时明确地合流。电报对我们很重要，因为当时许多聪明的人在思考语言问题时，是从机器通信的角度出发，而不是从像《叶甫盖尼·奥涅金》或《小火车》这样的人类文本出发。

电报技术中一个基础的实用问题，就是通过单根电线

可发送多少信息量。根据一个公式，人们可以很容易计算出通过管道流动的水的体积，但不存在这样的公式来估计电报电缆的信息容量。噪音和信息丢失也是令人头疼的问题。然而，机器的通信量呈指数级增长，使人类的文本产出相形见绌。一个多世纪以来，从情书到股票购买订单以及机器指令，一切都通过电报传达。电缆横跨大陆，努力跟上日益增长的交通。需要一种类似于水管中水体积的计算方法来管理信息流。

马尔可夫的语言模型很好地契合这个问题，因为电报以链的形式处理信息，即逐个字母地输入文本字符串。在马尔可夫的思路上，努力提高通信容量的工程师并不关心通过电线传输的信息内容，也不关心它的含义。一串文本就像城市用水一样，通过电线移动，为用户带来效用。至于发送者或接收者如何处理这些信息，则不在工程师的关注范围内。“信息通常具有意义，即它们根据某些系统，与某些物理或概念实体相关联或相指涉。”克劳德·香农（Claude Shannon）在他开创性的1948年论文《通信的数学理论》(“A Mathematical Theory
106 of Communication”）中写道。“通信的这些语义方面与工程问题无关。”[①] 他果断地做出总结。

① Claude Shannon, “A Mathematical Theory of Communication,” *Bell System Technical Journal* 27, no.3(1948):379.

对于香农和他的同事来说，将人类交流想象为一个概率性的马尔可夫链过程就足够了，这个过程中“逐个符号地生成消息”。例如，香农解释说，一条消息可以表示为随机选择的字母序列，比如“XFOML RXKHRJFFJUJ ZLPWCFWKCYJ FFJEYVKCQSGHYD QPAAMKBZAACIBZLHJQD”。

考虑到英语中每个单独字母出现的概率，一个字符串可以近似为“OCRO HLI RGWR NMIELWIS EU LL NBNESEBYA TH EEI ALHEN HTTPA OOBTTVA NAH BRL”。

通过所有可能的两字母组合，或双字母词，产生了“ON IE ANTSOUTINYS ARE T INCTORE ST BE S DEAMY ACHIN D ILONASIVE TUCOOWE AT TEASONARE FUSO TIZIN ANDY TOBE SEACE CTISBE”。在这里，我们可以看到某些正确的单词开始偶然出现，包括 on、are 和 Andy。

考虑到任何字母在任何前两个字母之后出现的概率，通过三字母组合或三字母词，香农组成了“IN NO IST LAT WHEY CRATICT FROURE BIRS GROCID PONDENOME OF DEMONSTURES OF THE REPTAGIN IS REGOACTIONA OF CRE”。这开始类似于英语，随机产生了正确的单词，如 in、no、whey、of 和 the。其他组合看起来也是合理的：我不得不查字典，看看 birs 和

pondenome 是否真有其词（答案是否定的）。

当我们计算单词组合而不是字母的概率时，事情变得
更有趣了。给定前一个单词，对后一个单词的分布就创建
了一个有所有双词组合或双词序列的列表。要自己动手实
107 践，只需取任何句子的前两个单词，然后逐词前进。比如
对上一句话进行处理①，从左到右生成了——

to make,
make your
your own
own take
take the
the first
first two
two words
words of
of any
any sentence
sentence and
and advance
advance forward
forward word
word by
by word

注意每个双词组合是如何与前一个相连，形成一个链式结构的。现在想象一下，计算一个长文本中——比如《哈利·波特》中——每个组合出现的频率。用现代计算机，我们甚至可以用全网的语言资料来生成这样的表格，

---

① ［译注］即上一句话的英文原文：“To make your own, take the first two words of any sentence and advance forward, word by word.”

统计出几乎所有的组合概率。

一旦这些先验概率被计算出来，我们就可以利用它们来补完句子。“当我长大后，我想成为________。”从统计学角度讲，句子的一个合理延续可能是“宇航员”“美国总统”或者“医生”。我的祖母告诉我，我想成为一名清洁工，因为我为秋天的满地落叶而着迷。如果我们从孩子那里收集了这样一堆回答，我的答案出现的可能性会比其他 108
答案低得多。有些单词组合，我们几乎不会遇到。几乎没有人说他们想成为“一棵树”“一只鞋”或者“制作出卓越的芦笋”——这甚至在语法上都没有意义。先验概率只给我们提供了链的合理延续。

仅根据英语语言中单词的原始频率，而不考虑上下文的衔接，香农模拟出如下语句（记住，这是他手工操作的）：“REPRESENTING AND SPEEDILY IS AN GOOD APT OR COME CAN DIFFERENT NATURAL HERE HE THE A IN CAME THE TO OF TO EXPERT GRAY COME TO FURNISHES THE LINE MESSAGE HAD BE THESE。”基于单词概率的结果看起来比我们之前基于字母概率的模拟更有说服力!

一个可能的双词组合的分布或双词序列，链接起来就产生了：“THE HEAD AND IN FRONTAL ATTACK ON AN ENGLISH WRITER THAT THE CHARACTER OF THIS POINT IS THEREFORE ANOTHER METHOD FOR

THE LETTERS THAT THE TIME OF WHO EVER TOLD THE PROBLEM FOR AN UNEXPECTED。”你可以想象，三个、四个以及更长的单词链会工作得更好，尽管太长的链接会变得独特，反而不适用于进一步的推断。

虽然大部分内容仍然没有意义，香农的输出却可以与基于语法的英格夫的英语句子生成器相媲美。概率方法的惊人有效性在于，它没有任何语法或语义假设。该方法纯粹通过统计工作，是初期数据整理无比勤勉付出的成果。预先计算的统计组合数量越多，预期结果就越好。

马尔可夫链渴望观察到概率。要想有效，它们需要阅
109 读、处理并保留大量文本。正是这种渴望也限制了它们的影响范围。回想一下，在 20 世纪 60 年代，英格夫的随机生成器需要应用大约 108 个多词规则以及《小火车》中的几十个词汇表中的词才能运作。在那次实验中使用的 IBM 709 机器几乎无法在其内存中容纳这些程序，它总共限于 30 000 个单词，还包括为操作系统保留的单词。半个世纪前，马尔可夫手工计算了他的 20 000 个“字母链”。换句话说，机器还没有比人类表现得更好。正如香农所设想的，计算英语中的每一个双词组合，在当时无论手工还是计算机都不可能完成，这将需要数十亿的数据点。计算三词组合（即每一个三词组合）则需要更大的存储空间和更强的处理能力，数量级上也是如此。自马尔可夫时代开始，计算机整整花了近一个世纪才具备应对这一挑战的能力。

粗暴的阅读能力随着处理能力的提升而增长。必须解决的一个问题是将印刷文本数字化，而不是手工进行整理。但是，扫描和数字化文档的技术当时还处于起步阶段。因此，真正的（而非假设的）工作型马尔可夫链语言生成器直到后来才出现。在 20 世纪 60 年代到 80 年代，它们的使用范围比较有限，主要用于一些潜在组合数量较少的封闭系统，比如音乐创作、桌面游戏、计算保险概率等。马尔可夫继续在数学、精算学和国际象棋领域发表研究成果，但再也没有回到文学领域。

虽然香农从未以数字方式实现马尔可夫链，但这个想法产生了深远影响。理论上，算法是可行的。马尔可夫和香农的通信数学模型并没有对世界或大脑做出任何假设。 110
考虑到我写“given”（给定）这个词的次数，它们只遵循观察到的概率原则。一切都取决于计算机在生成句子的任务之前，在尽可能多地吸收文本的基础上，能进行多少统计——或者再次从比喻意义上说，“学习”。处理几乎所有英语语言出版物所需的“粗暴力量”，直到 21 世纪才变得可能。

20 世纪中叶计算机的物理限制并没有完全阻碍基于概率的文本机器的进化，尽管这些机器只是出现在一些相对新奇的领域，比如光学字符识别（从图像中提取文本）、拼写检查和文档检索。

1959 年，贝尔电话实验室（Bell Telephone Labs）为

“自动字迹识别”（Automated Reading of Cursive Script）设备申请了专利，专利号为US3127588A。该专利提出了使用形状频率来检测潦草文字识别中可能出现的错误。同年，W. W. 布莱索（W. W. Bledsoe）和 I. 布朗宁（I. Browning）的工作开创了使用“单词语境”进行“样式识别和机器阅读”的先河。由此，在扫描文本时，机器可以根据句子中单个字符的概率尝试猜测一个难以辨认的单词。

1964 年，康奈尔航空实验室（Cornell's Aeronautical Laboratory）——又是飞机——的一个团队提出了一种新颖的拼写检查算法。这个算法和统计学家的做法非常相似，它依赖字典和可能的“单词语境”来“纠正混乱的英文文本”。作者们强调了算法不假设意义，而是通过利用某些字母序列在英语中出现的概率来识别单词或字母序列的身份。这个程序能够纠正像“TAAT SOUIDS LIKE AAIVTDE KITTEN”（应该是“That sounds like a little
111 kitten”）或者“SAUD TOMYN”（应该是“said Tommy”）这样的句子。[①]

当电报和线性打孔纸带逐渐被淘汰，“链式”这一隐喻逐渐演变为更适合表示印刷文档的“词向量空间”概

① Charles M. Vossler and Neil M. Branston, “The Use of Context for Correcting Garbled English Text,” in *Proceedings of the 1964 ACM 19th National Conference* (New York: Association for Computing Machinery, 1964), 42.401 - 42.4013.

念，其中，单词沿两个维度扩展，而非单一直线。

我喜欢词向量空间这个想法，因为它让人联想到夜空，最好是在远离光污染和文明的山区夜空。

想象一下，语言的宇宙就像散布在星空中的概念星座：每个概念都占据着自己的位置，并且相对于其他概念有着不同的轨迹。这种视角改变了我们对词义的一般看法。我们不再从词典中寻找某个固定的意义，而是认为单词通过其共同位置或语境来“意味着”什么。例如，单词“sunny”（阳光的）经常在谈论天气的语境中出现；单词“speed record”（速度记录）则常与“race”（比赛）或“the Olympics”（奥运会）相邻。这样，单词“fast”（快的）和“speedy”（迅速的）是相似的，因为它们出现在相似的语境中——它们有相似的位置和轨迹，或者说向量。

当然，现实世界并不总是那么阳光明媚。例如，像滥用语言或种族主义这样复杂的社会问题，可能在某些经常被重复的粗话或负面刻板印象的星座中显现。巧妙的是，计算机可以根据其上下文位置区分“race”（种族/比赛）的两种含义。出现在速度记录和距离附近的“race”与出现在“disparity”（差异）或“mass incarceration”（大规模监禁）附近的“race”含义不同。但也可能不那么巧妙，一个从偏见化的语言——人类所写的一切——中“学习”的计算机，可能会继续传播它从人类那里学到的词语滥用或种族主义。

112 虽然有缺点，但语言的向量化模型已经让机器能开始推断出一些它们并不真正“理解”的复杂语义关系。机器的“理解”实际上是从统计语境中编织而成的。对于任何给定的问题，“正确”的答案也代表了一串字符最“可能”的延续。

以数学语境向量形式出现的单词进一步允许我们去计算语义距离，从而捕捉模糊的负面属性之间的细微差别，比如“bad”（坏的）和它更糟糕的表亲“terrible”（糟糕的）这个词。有了词嵌入（word embeddings），我们还可以试图自动地算出在概念星空中彼此距离最远的单词，而且不用教计算机任何关于世界的知识，它就能发现“awesome”（极好的）占据的位置空间距离“awful”（可怕的）很远。

向量也可以用来发现相关的单词集群或单词星座，这些集群意味着话题、文学体裁或对话中的主题。就像语境定义了单词一样，一系列语境的星座可以定义整个思维系统。一团特定的概念词云可能与物理学领域高度相关，而另一组单词则对应政治领域。相似的单词频繁共现，在三维空间中产生样式，不仅仅在一页纸上，而是在整本书籍乃至图书馆的向量空间内。

在计算机和图书馆学交叉领域的学者所写的文档检索文献中，词嵌入和向量空间的概念找到了另一个“港湾”。现代在线搜索巨头的诞生，源于组织和检索世界信息的必要性，这长期以来是像文件归档、编目和索引这样真正神秘艺术的领域。在计算机出现之前，图书管理员会根据手工标记的分类方案来归档书籍，其中，马尔可夫的一本书可能会被归类到科学、数学、概率（在美国国会图书馆分类方案中为 QA273－280）等主题下。索引人员会深入作品的内容中，提取出显著的主题、名称、地点或参考信息， 113
以便读者查阅。

到了 20 世纪 60 年代，研究人员提出了自动提取关键词的方法。

其中，彼得·卢恩（Peter Luhn）在 IBM 提出了将“语境中的词”的概念扩展到了“语境中的关键词”。哈佛的杰拉德·萨尔顿（Gerald Salton）利用词频来推导出文档相似性的度量：你现在可以向你的大学图书馆请求一本“相似”的书——这种相似性是利用词的距离自动计算出来的。

剑桥的卡伦·斯帕克·琼斯（Karen Spärck Jones）在与玛格丽特·马斯特曼的合作基础上，提出了统计上“加权”关键词的方法，这是基于词频而不是词义。因此，罕见词组合的匹配会比常见词更重要。在搜索引擎中查询“recipes for Beef Stroganoff”（牛肉斯特罗加诺夫食谱）时，罕见词 Stroganoff 的重要性会被放大，而常见词 for（为了）、recipe（食谱）和 beef（牛肉）的重要性则会被降低。

谢尔盖·布林（Sergey Brin）、劳伦斯·佩奇

(Lawrence Page，谷歌创始人)、赫克托·加西亚-莫利纳(Hector Garcia-Molina)和李彦宏(百度创始人)进一步构建了加权相互引用的系统。引用其他文献的文章比那些孤立存在的文章有更高权重。因此，搜索引擎技术就是这样由图书馆学、语言学和文学研究等领域构建而成的，使用了文本对齐、索引、编目、词频比较和引文分析等技术。

其余的发展，皆已被很好地记录下来——你可以用谷歌搜索，或者向你友好的邻居，也就是聊天机器人寻求帮助。“语境中的词”这一概念，带领我们进入了文学智能的现代化时代。

目前，统计学占据主导地位，因为基于模式和语法的语言生成方法已被证明效果不佳。它的崛起对我们理解语
114 言具有重要意义，同时带来了一些值得警醒的故事。

如果说哈里斯或乔姆斯基代表了结构主义语言学的典范，那么英国语言学家约翰·鲁伯特·弗斯(John Rupert Firth)则代表了概率方法。他在《语言学分析研究》(*Studies in Linguistic Analysis*，1957)中写下这段知名的话：“你可以通过一个词所结交的同伴来了解它!”弗斯没有去寻找表面之下支持意义的结构，而是提倡直接观察语词在表面上显而易见的搭配。

一个婴儿可能在早餐桌旁学会了燕麦这个词，但是关于燕麦的更多联想(它的制作方法、成本)是在与文本中的燕麦相遇时积累的，这是在早餐桌旁的婴儿们的经历。

我们对宇宙的大部分理论知识都包裹在语言的外衣中，而不是源于直接经验。我从未近距离见过行星或电子。但我从教科书中，从文本的上下文中了解到它们。你之所以知道我了解它们，并不是因为你窥视了我的大脑，而是因为我用言语告诉了你。一个词的含义并非位于语法、结构或与物理事物的关系之中，词语可能只是在与其他词语的上下文中才有意义。语境造就意义——这是弗斯对语言学同行的强有力反驳。

在语言学家中，弗斯最典型地体现了我们时代先进语言技术中所蕴含的思想。但“语境中的词”这一概念并非没有问题。舍弃意义可能存在的其他居所——比如我们之前讨论过的，世界和人类心智——这是有一定代价的。这个代价值得我们深思：

首先，随着“统计”智能的到来，我们必须放弃心智隐喻。语法学家希望通过编写聊天机器人来发现人脑结
构，但现代聊天机器人的工作机制根本不是类人的。我们 115
当然不是通过统计概率在大脑中产生语言的。大脑不会把单词转换成数字或向量，我们也没有能力处理庞大的数值数据集。

然而，今天正在使用的语言模型继续使用人类认知隐喻。机器“学习”，它的统计连接被称为“神经元”，形成了一个“神经网络”。这项技术的效果同样让我们感到困惑，因为它以一种与我们不同的方式来实现类似人类的语

言能力。因此，我对所有将我们熟悉的人类认知维度赋予人工智能的隐喻持怀疑态度。机器通过类比来“思考”“交谈”“解释”“理解”“写作”“感受”等。它的进步对我们人类的思维方式没有解释力。虽然我们可以用它作为探索我们阅读、写作和相互解释方式的工具，但它本身并不是思考的替代品——就像开车不能替代日常跑步一样。两种行为可能都会让你到达目的地，但它们如何让你到达那里比目的地本身更重要。

其次，依赖上下文来确定意义会引起明显的问题。描述派（descriptive）语言学家和规范派（prescriptive）语言学家的长期争论有助于说明这一点。像弗斯和理查兹这样的描述派认为，语词的意义与人们说话的方式有关。描述派语言学家的工作仅仅是观察、收集或制表。而规范派则关注超出了语言本身的理想。规范派坚持要说得好或写得好：清晰、有目的、严谨和尊重。清晰、有目的、严谨和尊重这些理想不是偶然在语言中找到的。我们出于文化或政治原因而追求它们。毕竟，语言不是一个封闭的系统。它本身就与语境相关，位于特定的文化和社会之中。

116 机器智能可以通过其他捷径达到语言的熟练程度，这确实令人印象深刻，但它也立刻遇到了超越语言本身的文化规范的界限问题。机器通过吸收所有语境来学习，好的坏的都包括在内。它们吸收了文本，除此之外，还包含了人类政治的蛛丝马迹。一些声音被系统性地排除在训练语料之外，其他一些声音则被不公平地放大。

然而，人类智能的其他表现形式超出了文本。对我们来说很重要的一些想法甚至没有被付诸语言，或者不常被转化为语言。然而，语言模型训练将所有内容视为扁平语境。机器成为一个完美的描述主义者。

然而，描述并不讲述完整的故事。我们不仅仅生活在“现状”中，人类还积极地构建他们希望拥有的世界。自由、正义、平等、公平、成功、失败——包括智能本身——都是我们向往的品质。对任何给定问题的答案不能仅仅满足于一个平均值。我们追求最好的答案，追求思想更完美的延续。可能频率的权重并不足以满足这些理想。我们顶尖的表现比我们基本的冲动更少见。因此，从基础的教育意义上说，频率本身并不足以代表智能。人工智能需要做得更好。但如果词语是它唯一的依据，它就无法做到这一点。

最后，过于频繁地从频率主义角度理解智能，可能导向极端的唯我论。直到最近，世界上的大部分文本输出都属于人类的过去。人类智能随着时间推移对历史做出响应而发展。然而，如果按照逻辑推理下去，新机器生成的文本量很快就会超过人类制造的训练语料库。机器生产的庞大体量可能会压制人类进一步的新颖贡献。语言发展在某
种意义上可能会停止，因为更大一部分档案将充满了机器 117
的闲聊文档。此后，机器将主要由其他机器进行训练，但

这种训练的目的又是什么呢?

在其他场景中，机器能力的过度过剩可能会导致一些有趣的结果，只是可能未必是我们预期的。打个比方：我可能喜欢看足球，但不至于想看到由超音速奔跑的机器人来踢的足球。这样的比赛，我敢说它肯定是无聊的。正是使用像人脚这样不完美的工具来控球和进球的难度，才让比赛变得有趣。

因此，我的最后一点反对意见，既不表示警戒，也不代表什么形而上学的危机。简单来说，无论多么有效或强大，若仅仅为了显摆而构造的一种肌肉式的人工结构，对我来说并不那么智能或有趣。在博物馆里逛一条走廊我就会累，更不用说面对“所有被创造出来的东西”了。在国际象棋一度完全被机器征服之后，今天人类国际象棋的繁荣对其他人类游戏而言——比如语言——是一个好兆头。对《叶甫盖尼·奥涅金》的统计计算并没有夺走它的艺术性。组合单词将其拼接成美丽句子的乐趣，并没有因为某人或某物能比我更快或更大量地做到这一点而减少。也许我们只是太喜欢玩这个游戏了，它完美适应了人类有限的带宽——包括那些局限带来的微小胜利和失败。

第八章

九个重要观念，让我们得到有效结论

到目前为止，我们一直在耐心地从长长的历史工作台 118
上逐一拾起零散的部件，组装成今日的现代聊天机器人。我尝试通过一系列轶事和浅显的哲学评论来给这个设备加点生机。

我们当然没忘记也给这个“匹诺曹”喂食。甚至在出版之前，我的文本就已经进入了集体机器的潜意识——正如当今所有数字文本都被吸入数据集一样，以供未来文本生成器训练处理。它会如何看待它的创造者？在家族谱系中，它会感到自豪还是羞愧？或许什么感觉都不会有，因为所有输出都已被预料到？比如说，赫勒敦和卢尔的联系虽然不太明显，但其实已有详尽的记录。莱布尼茨、巴贝奇和洛夫莱斯也是这样。在工业制造和大众文学市场兴起之间的联系中，也激发了我一些全新的想法。关于通俗小说、结构主义和早期计算机科学的工作，也都是我基于原创研究做出的独特贡献。

119 在章与章的缝隙中，仍旧有几缕游离的线索露出。让我们修整这些线索，并逐步得出结论。

详细介绍所有重要的来源后，有些内容便难以被详尽描述了。例如，关于图灵机和图灵测试的历史，常常忽略了维特根斯坦讲座的直接影响，以及机器翻译先驱玛格丽特·马斯特曼，也曾出现在同一教室听讲座。马斯特曼的通用词库可回溯到威尔金斯及其他普遍语言的设计者，这是人工智能中一个完全独立且重要的分支——机器翻译。这一主题足以单独成书，与我们当前探索的方向是不同的。此外，用于外交或军事通信的加密技术也将引领我们走向完全不同的研究方向。从地域角度看，强调德国或苏联的计算技术，可以使我的研究不那么以英语为中心。阿拉伯、印度和东亚丰富的语言学传统，则大多超出了我的专业领域。这些差距为机器或人类读者提供了充足的空间，以便自行探索。

还有一条尚未完全探索的小径，将引领我们走向理查兹，他是上一章中提到的语言学燕麦片二人组之一。除了语言学方面的工作，理查兹还是新批评运动中的重要思想家之一。这一运动强调对文本的细读和形式化的分析。

本书既是对理查兹的《科学与诗》（*Science and Poetry*）的致敬，也是对它的回应。这本开山之作于 20 世纪 20 年代为诺顿出版社铸就基业。一个世纪后，再次阅读这本书时，我惊讶地发现其中弥漫着对诗歌的怀旧情绪，这种情绪是在科学的“猛攻”下形成的。其他情形下，我晓得理查兹是一位毫不多愁善感的学者，他的写作清晰且富有洞察力。然而，在《科学与诗》中，他的思想似乎流移不定。该书的结尾，他写到“炮火已就位”，“科学不断 120
侵入每一个领域”，将“迫使［其他神话］投降”，以及“兴登堡线（the Hindenburg Line）［...］得到保持”，但在同一句话中，也“被放弃，因为不值得防守也不值得攻击”。[1] 这些敌人究竟是谁，我们不知道。只是感受到一种总体上的临战氛围。

长期研究理查兹，我在字里行间不禁读出了战争的影子。这本书写于 1925 年，即第一次世界大战刚刚结束不久，又于 1935 年第二次世界大战的前夕扩充并重印，整部书无处不透露出战争冲突的幽灵。

我无法和理查兹一样，对文学想象作为保护壁垒这件事充满热情，也不认同他将科学与诗严格区分的看法。我的论点与他相反。许多非英语国家，如德国或俄罗斯，并不区分科学与人文学科。在这些地方，科学仅指“系统的研究”，与英语中的“学术研究”同义。因此，诗歌的科学在这种意义上并无矛盾，它仅仅指出了对事物进行系统研究的需要，而非只是随性阅读。

---

① I. A. Richards. *Poetries and Sciences: A Reissue of Science and Poetry* (1926, 1935) with Commentary (New York: Norton, 1970), 76 - 78.

在对几个世纪的历史进行深入探索时，我们发现计算机科学的根基与文学、语言学问题紧密相连。将两者分开考虑，使两个群体都更加贫乏枯竭：诗人失去了经济和文化资本，而程序员则与深厚的知识传统失之交臂。更严重的是，这种分裂使两个群体都陷入了一种肤浅的短视，在这种视角下，似乎人工智能要么是毁灭人类的元凶，要么是包治百病的灵药。

这引出了一个永恒的问题：我们应当采取何种措施？我们如何能更加全面深入地看待机器人与文学？

对此，我提出以下九个重要的理念，这些理念会彻底改变您的生活，还将阐明为什么人工智能既不会是人类的灭绝者，也不会是解决所有问题的灵丹妙药。

1　人工智能是一种集体劳动

122 对人工智能的忧虑源自一种普遍的混淆，因集体努力带来的收益较为滞后，人们误读了自动化行为。

想象一下，一个常见的文字处理程序在纠正你写的一个句子。再想象一下，需要多少工程师来开发和维护它呢，人数超过了数千。而且，这些工程师已经干这项工作超过一个世纪了。那么，我们应该对现代文字处理软件貌似神奇的能力感到惊讶吗？答案是否定的！如果能有整个团队在我的房间里，与我一起写作，那将很有帮助。我可以请他们到图书馆借书，或者替我查字典，甚至帮我纠正语法。我无法承担这样一支庞大的团队，而他们已经找到了一种方法，能在不在场的情况下，远程地、自动地提供帮助。

我们合作方式的远程性质令人困惑。这些合作者并非真坐在我房间里，他们的帮助是在远方提供的。人们最初认为写作是孤独天才的产物，这本身就是一个错误。写作始终是一项集体活动，得到了字典、风格指南、结构图示、故事构建器、同义词词典以及现在的聊天机器人等智能工具的协助。顺带一提，这些工具对人工智能至关重要。18 世纪狄德罗的《百科全书》是对人类集体智慧的技术层面的致敬，维基百科以及让访问更便捷的搜索工具也是如此。没有这些工具——图书馆、教科书和档案——现代人工智能将无法实现。

人工智能的社会本性促使我从劳动与政治的视角审视 123
它，而非单纯的科学或技术视角。此处所言“劳动”，指耗费的劳作；而“政治”，是指通过共识调和差异之事。无论何时，人们聚集在一起为了共同的目标而努力，就涉及政治，这超出了个人目标的范畴。人工智能中“人工”一词往往掩盖了它对共同体的依赖性。人工智能听起来像是我与技术之间的关系，实际上，它包括了我与其他人通过技术代理进行的集体决策过程。

2 智能是分布式的

集体劳动涉及跨越时间和空间的分布式工作。例如，对我而言，写作不仅仅是思考，亦包括把玩物件、翻阅辞典、漫步、绘图、与同侪商议及吸纳编者的意见。分布式认知的假设认为，认知任务不仅仅发生在大脑中。我们借助身体、工具、文本、环境以及他人来进行思考。

如果人类智能是分布式的，那么机器的智能更是如此。

例如，对聊天机器人或智能手机助理进行拆解，可以揭示出思维发生的多个分散位置。一些“智能”被内置于电路中，一些则发生在云端。还有一些智能体现在大规模的电子工程、软件开发和项目管理中。更多的联系线索涉及机构决策、市场营销和公司治理。这些联系共同构成了手机助理的“智能”，是一次单一的大规模智能协作行为。

124 和过去一样，多样性是令人困惑的。我们努力承认技术中潜藏的众多合作者的存在。在写作行为中，似有一众幽灵助手环绕。从劳动的角度看智能，需承认冗长的贡献者名单。请接受这一观念，同时，请允许我向参与本书写作的诸多合作者表达由衷的感谢。

虽然代表了分散且多元的实体，但人工智能往往被描绘为单一主体。注意看看这些标题：“人工智能即将夺走你的工作。”这句话字面上是什么意思？究竟是谁即将夺走你的工作？仔细推敲一下。你很可能会发现，这个“谁”在详细审视下会变成复数。你会找到多个具体的实体、代理、个人和组织承担责任。就像被动语态一样，通过更细致的措辞，人工智能的神秘面纱可以被揭开。

聊天机器人和自动驾驶汽车并非出自单一来源。你常会听到类似“人工智能不擅长识别长颈鹿”的说法。问问自己：到底是哪个算法不擅长？我电子表格编辑器中的“按日期排序”功能会识别或关心长颈鹿吗？智能吸尘器呢？为什么我们要将它们统一视为一个单一的智能实体来考虑呢？

这种表述方式是不是有点奇怪？我们并不期望所有人在不同任务上都表现出色。例如，我可能在下棋和预测天气方面表现不佳，但这些都在普通人能力的范围内。同样地，当我们说“AI 不擅长识别长颈鹿”时，这类似于说“人类不擅长应对全球变暖”。这两种说法都忽略了个体或系统之间的细微差异。正如“人类”将所有人归为一类，“AI”也将多种不同的技术归为一个总称，忽视了各个算法或机器的具体能力或局限。

3　人工智能承载着一种隐喻

分布式思考的复杂性，难以用简单的描述符来概括。125
当事情变得过于复杂时，我们倾向于通过使用隐喻来简化。例如，当政治评论员说“R 国决定入侵 U 国”时，他们的意思比字面含义更为复杂。并非整个国家入侵了另一个国家的整个国土。梳理谁在何时何地做了什么，以及谁应负责任，这需要付出努力。任务越复杂，用字面、非比喻性的术语来解释就越困难。

当我们将决策权赋予一个国家时，意在将国家与自然人进行类比。这种隐喻简化了政治决策的复杂性，但同时可能导致误解，因为它所暗示的内容超出了直接表达的意义。国家或公司并不像人类那样“决策”，它们做决策的机制与人类完全不同。因此，我们说“公司是法人”或一个国家“受到冒犯”时，只是在隐喻意义上使用这些说法，而非字面意义上认为它们是一个人或拥有情感。

“人工智能”中的“智能”二字，展现了一种与此类似的简约而精炼的修辞。

以“机器学习”为例，甲骨文公司将其定义为“通过使用数据来提升系统性能”。虽然学习的隐喻表达了一种大致的方法，但我们知道机器“学习”的方式与人类儿童的学习方式截然不同。所谓的神经网络产生的“学习”效果，是一种数学模型，它大致模拟了生物大脑的某些方
126 面。在这种意义上的“学习”代表了对数据集的统计分析，这些数据集的规模超出了人类的理解能力。这种技术也排除了通常与人类学习相关的一般机制，如游戏或成就感。

因此，虽然人类智能和机器智能在某些方面存在类比上的相似性，但两者的内部机制有所不同。虽然人类和机器都能学习，但他们的学习机制完全不同。有时候，结果比过程重要：“我不在乎它是不是机器人——如果它看起来像鸭子，叫声也像鸭子，那它就是鸭子。”但在其他时候，过程变得更重要——那时我们希望鸭子尝起来也能像只鸭子。

4 隐喻掩盖了责任

隐喻提供了必要的认知捷径，这对日常对话非常有用。无论自动驾驶汽车的复杂决策过程涉及多少人，这些人分布在多远的地方，我只会称它为“智能”汽车。没有必要进一步解释——直到需要追责的时候，比如在发生致命事故的情况下。

在日常用语中，人们说车子会自己开。但如果发生事故，我们的司法系统将耗费大量资源，解开复杂的原因网络，追溯到个人或组织，按比例来分配责任。在面对自动驾驶时，人工“智能”选择刹车与否，代表了驾驶员和汽车制造商之间的集体工作。任何一起事故可能部分是驾驶员的错（没有注意力集中）、工程师的错（设计了有缺陷 127
的刹车）、高管的错（削减成本），以及立法者的错（没有维护道路）。在仔细审查之下，这种隐喻会消散。毕竟，车并不是真的在自己开！

因此，人工智能的危险并不在于其想象中的自主性，而在于导致其效果的原因的复杂性，这种复杂性还因隐喻而变得更模糊。如果我们希望减轻人工智能的社会后果，保持责任链条的完整性至关重要。

考虑到这些，人工智能引发的问题和其他隐喻性的“虚构人物”——像是国家或公司——类似。在《商业伦理学杂志》（*Business Ethics*）上撰文的凯文·吉布森（Kevin Gibson）解释说，虽然公司不是人，但“它们足够像人，可以被视为在社会环境中行动的行动者”。同样的说法也适用于算法——尤其是那些特别设计来模仿人类在社会环境中行为的人工智能，无论是回答问题还是驾驶汽车。

虚构的东西确实能在现实世界产生影响。比如说，国家和公司在法律面前有一定的权利和责任。但有时候，它们可能会用这些权利做出违背它们所代表的人类社群利益的事。甚至，它们可能故意做出一些行为，比如散布有毒化学品或传播有害信息，这样的行为会伤害人类的福祉。

人工智能在社会中的运作方式更像是国家或公司，而非机器人或提线木偶。因此，将它纳入处理集体人格的传统政治思维中考量，是颇为适宜的，如同霍布斯在《利维坦》（*Leviathan*）、柏拉图在《理想国》（*Republic*）或玛丽·道格拉斯（Mary Douglas）在《机构如何思考》（*How

Institutions Think）中所述的那样。

5 隐喻不伤人

并非所有集体名词的运作方式都是相同的。 128

是什么驱使人类聚集在一起？是一种生存和繁衍的荷尔蒙需求，是痛苦、饥饿、欲望。一旦这些得到满足，基本的驱力最终可以被引导到更复杂的目标，如崇敬、责任或正义——这些都是通过集体社会活动——如实践、习俗、仪式或教育——来过滤的。实实在在的物质联系也帮助形成了各种集体，从家庭到国家再到公司。

因此，“家庭”“国家”或“公司”这些词不仅是一个集体名词。背后的隐喻代表了一个密集的现实世界联系网络。例如，一个公司将涉及某些基础设施投资（建筑和信息系统）、常见的工作仪式（同一时间一起上班、穿着特定的服装）以及法律协议（章程、合同、雇佣条款）。这些不是隐喻。它们是具有现实影响力的社会联系。

人工智能是不是也像一个技术大家庭呢？如果说机器有类似共同体的东西，那会是什么样子？机器没有痛感或荷尔蒙，所以它们本身没有理由去跟别的机器交流。这样的话，机器就不能像我们这样组成社会。它们没有共通的身体或语言，只有在人类的指导下才能朝共同的目标努力。如果没有人类干预，再智能的机器也只能待在盒子里。是的，它可能被指使伤害人类。如果你把枪交给它，它甚至可能变得危险。但之后呢？如何以及在何处，技术的多样性得以凝聚成一个能够采取协调行动的单一有机体？

129 所以，虽然人工智能在上述意义上可类比为“社会”，但它实际上还是缺少真正的社会凝聚力。说到底，“社会”这个词涵盖了一堆互相关联的观念，这些观念由实实在在的联系支撑，比如工作、交易、游戏和朋友吃晚饭。而“人工智能”这个词虽然也代表了一堆相关观念，但背后缺少这些具体的物质支持。社会是指一个有机体，人工智能更像是个讨论话题。

我们不该把诸如“植物群”和“动物群”这样的通用名词与“森林”和“海洋”这样的特定生态系统混为一谈。植物群只是我们用来指代许多不同的、彼此无关的植物的一个词。而森林意味着一个统一的有机体，通过根系和根状茎的作用而整合在一起。与其说人工智能是“森林”或“海洋”，不如说是“植物群”和“动物群”，多种不相关的技术被人类研究计划整合在一起，简称为“AI”。单独来看这些技术，也没有一种能够寻求与另一种的结合。所以，我们也不能说“它”有何集体意义上的共同目标。它其实也没什么特别想做的。

虽然缺乏凝聚力，但单个 AI 在追求目标时集聚权力的能力确实构成了真实的危险。在 GPT－4 算法的最新版里，研究员赋予一个聊天机器人设立服务器、运行代码、将任务委托给副本的能力。还有一个实验，他们让这个算法能上网买化学品来做药物研究，测试它可能出现的危险行为。这两个例子中，算法都显示出了想要“积累权力和资源”的趋势。

这些发现听起来令人担忧，确实如此，但可能不是出
于报道中提到的原因。真正的危险不是因为“AI突现的想 130
要掌握权力的行为”，而是来自我们无法让技术制造者对
其行为负责的无力感。这种行为是由分布式工作产生的
（参见第2点），涉及使用技术的人类集体，而非技术本身。

说“权力已经出现”，实际上是在逃避责任，意味着“我们未能预见所有结果”。考虑一个更简单的例子以便理解：一辆汽车如果装上了喷气引擎，在繁忙的城市中释放它，它可能会展示各种不可预测的“寻求目标”的行为。“不要这样做”是显而易见的答案。引发的混乱在任何意义上都不应该是引擎的“过错”。GPT再“聪明”也不意味着它的制造者可以免责。从这个角度，我们还可以把汽车看成是一个想要夺走我们的街道、健康和清新空气的力量。但问题真的是汽车本身吗？其实是汽车制造商、石油公司和那些为了效率和利润而牺牲安全的司机。

过分拟人化的看法实际上遮住了找到政治解决办法的道路。所以，当GPT－4的研究团队说“GPT－4能生成对独裁政府有利的、多种语言的歧视性内容”时，我不是反

对它有这个技术能力，我反对的是他们的表达方式。不能因为笔写了让人信以为真的假消息就怪罪笔。是布设地雷的军队应该对多年后受伤的孩子负责，而不是地雷本身。通过在语法上让算法来掌权，研究人员就撇清了他们自己应有的责任——也就间接剥夺了我们人类在这件事上的能动性。[①]

6　机器不能自己成为道德主体

131 我的生活，就像当今绝大多数人一样，被故障频发的“智能”设备困扰——灯泡、音响、相机和冰箱。关于“人工智能”之本质的一些论述，显然漠视了其往往荒诞不经的事实。

技术的“颠覆”效应被投资界高度重视，却在社会层面引发真实的扰动。技术变革常常掩盖政治转型。社交媒体的便利性以增加企业监控为代价。用手机轻松点餐或打车，却让运输行业和酒店行业的工作标准下降了。以前报纸上的沙发客分类小广告，现在变成了可以挑战住房规定、改变城市生活面貌的大型在线旅游市场。那些自诩为未来学家的人总是承诺给我们更好的营养、虚拟现实和神奇的数字货币。但实际上，我们得到的是重新包装的含糖

① OpenAI, *GPT-4 Technical Report* (New York: arXiv, 2023).

饮料、对一次性电子产品的上瘾，还有那些失败的快速致富的传销骗局。

一些人坚称“算法应当被强制向善”，甚至开始设立大学课程，以促使机器遵守伦理道德。可以看到，英国政府的数据伦理与创新中心（UK Government's Centre for Data Ethics and Innovation）、牛津的人工智能伦理研究所（Institute for Ethics in AI at Oxford），以及毕马威的人工智能与数据伦理研究院（AI and Data Ethics Institute at KPMG）等，都是这一趋势的例证。

算法能否承载伦理？考虑到上述多种反对意见，这将如何实现呢？

在实际操作中，我们发现自己生活在一个混合环境中，自动化的代理人“代表”一些机构做事。比如说，有
的机器人负责卖东西或做客服，依赖人类输入的词语、一 132
些事先设定的或固定模式的回答，以及新颖的机器生成的文本。这些商业输出旨在激发积极的情感反应：“您对这次体验的满意度如何？非常满意。比较满意。不满意。”

其他自动化代理则另有他用。考虑到俄罗斯军事情报局（Russian Military Intelligence，GRU）在全球发起的隐秘信息活动（注意这里 intelligence 一词的使用）。这种侵入公共话语的力量，鲜明地体现了我的观点：人工智能属于一种政治性利维坦，能够远距离投射协调一致的集体行动。任何迫使算法遵循伦理的尝试，都面临与企业或国

家责任相似的难题。然而，我们必须坚持追责——追究那些真正的行为主体，而不是通过将代理权让渡给技术来为其开脱。

下次你再听到“人工智能”这词，别只想到一堆电线，还得想到背后的复杂关系——所涉及的人、实践、官僚机构和制度。人工智能获得“智能”的方式，就像一支知识竞赛团队击败单一对手一样——他们人多。智能设备的远程操作掩盖了一个本质上的合作事业。假设我决定在酒吧智力竞赛之夜通过手机来作弊。如果我用传统的纸质百科全书来回答问题，那基本上就是在求助于过去的专家团队。而我手机上的一个应用，它被训练用来自动从百科全书里找答案，这让事情变得更方便一点。不管怎样，作弊者都是依赖额外的专业知识，因为在这种比赛中，集体思考比单独思考有优势。并不是工具让作弊者表现得更好，而是他们利用了集体的智慧。

7 自动化已经来到了“知识工作”领域

133 劳动的价值随着团队规模的扩大而减少。故而，勇敢的英雄攀登智能之顶峰——珠穆朗玛，而无名的夏尔巴人负责运载他们的行李。但这公平吗？接近山顶时，行李变得更重了。虽然我可能会感谢我的编辑，但通常不习惯于承认书籍制作的所有相关人员实际参与了智力产品的生产。仅仅是源资料的保存、数字化和即时引用可能就涉及数百人的工作，还有文字处理、拼写检查、文案编辑、市场营销、印刷和分发等工作。

如何承认成千上万人的帮助？我的个人写作努力是否等于或超过了他们的总体贡献？从单人工作时间来看——可能是的。但从总体来看，可能并非如此。然而自我意识常自视非凡。但若我们不那么以自我为中心，就会认识到集体智慧背后的劳动应被认真标注。在这本书的另一个更激进的版本中，我们对任何人工智能的分析，将仅包括详尽的劳动归属——就像空难调查使用法医技术按比例确定原因一样，我们也那样展开致谢名单。在一个更美好的世界里，我们也许还应该重新考虑我们对个体独立智力成就的夸大。仔细研究下，智能几乎总是展现为一项集体努力。

可以自动化的工作，它的经济价值也随之减损。随着人工智能的发展，原本富有创造性的劳动贬值，这带来了
巨大的经济影响。19 世纪，自动化导致大规模商品生产开 134
始取代手工艺生产，工厂使得铁匠或制鞋等行业变得过时。20 世纪，供应链和分销链的自动化导致小镇的家族小店倒闭，机器人取代了工厂工人，使得整个地区在劳动力市场变革的影响下荒废。

知识型劳动者，包括法律专业人士、作家、医生和软件工程师，也面临类似的命运，只要他们的工作能被自动化。在撰写本书时，人工智能已能在律师资格考试中达到

90 分的高分。在好莱坞，编剧正在罢工，部分原因是制片厂可能用机器替代他们。现代人工智能可以在最困难的技术面试中获得优异成绩。在大多数不涉及手术干预的语言和视觉诊断任务中，它们的表现甚至超过了医生。曾经因工业化而荒废的美国鬼城，可能很快就会有前科技中心加入它们的行列。

前景并非全然如此黯淡。

人类智慧具有惊人的扩展到新领域的能力。“自动化降低了劳动价值”，换一种表述，则是“自动化降低了进入门槛，增加了所有人可获得的商品供应”。例如，学习这一活动，过去需要特殊培训和巨大努力，现在已进入公众的视野，并且成本低廉。百科全书和搜索引擎的浪潮，已经让所有智慧的小船受益。

因此，仅仅拥有丰富的词汇量或记忆大量事实已不足以维持一个职业。我们不再需要那些只是机械复述事实的抄写员或学者。相反，今天的抄写员和学者被从烦琐的学问中解放出来，可以挑战更多创造性的任务。

135 近期人工智能的进步预示着许多职业将经历类似的转变。确实，在未来，市场对医生或软件工程师的需求可能会大幅减少。但是，留下来的专业人士将会发现他们的工作变得更丰富。那些单调乏味的任务已经被外包给了机器。

矛盾的是，人类智能的计算化也意味着计算机科学的人性化。

对话式人工智能是基于语言艺术的遗产建立的。一个多世纪以来，计算机科学已从这一血统中分化出来，完成了一项不可思议的工作：一台写作能力堪比大多数人类的机器。它还能编程。这意味着，技术门槛已不再是启动任何项目的最大障碍。

举例而言，二十年前，构建社交网络首先要攻克工程技术，社会分析则居次席。文字处理或电子健康管理系统也是如此。在每种情况下，工程的难度都需要在技术上进行不成比例的投资。从结果来看，这有时会让研究的时间变得非常有限。然而，仅仅与我们的亲人或病人交流是不够的。我们希望这种交流能改善我们的关系。医生不仅想管理他们的病人，他们也希望以一种促进健康的方式来做这件事。然而，直到最近，由于任务的技术复杂性，技术公司大量投资于工程组件，即如何完成某事。现在，它们可以更好地关注为什么以及为了何种目的来做这件事。

研究现代家庭如何形成的人类学家或历史学家，能理解是什么价值观驱使人们建立社交联系。类似地，如果一
个语言学家或文学专家去了医院，他们可以研究人们怎么 136
讲述关于健康的故事，这样就能更好地把这些故事转换成医学诊断。现在，把这些价值观编入软件系统的工作能更简单地、自动地完成。技术门槛的降低让人文学科能完全和工程实践结合起来。正如我们所见，这两个领域从一开始就并未真正相距太远。

8 技术编码政治

从政治和劳工角度来看，人工智能也带来了社会凝聚力方面的问题。这些问题无法仅仅通过技术手段来解决。在我们的 GRU“虚假信息代理”示例中，一个恰当的回应需要采取多维度的方法。

私下里，当我浏览网络新闻，或在社交媒体上与过激评论互动时，我可能会选择改变我的行为。我知道，其中一些评论旨在扰乱我的心态。在互联网这样无国界的在线协作环境中寻求信息的人们，应预料到会遇到恶意的代理，其中许多是自动化的。因此，必须系统地培养新的思维习惯以做好准备。

在工具层面，反制可能还涉及技术手段，例如垃圾邮件过滤或“水军检测”，通过这些手段可以阻止某些来源过度地发表内容。此种情形已在维基百科对争议性条目的编辑中体现，其中双方或许都动用了机器人来坚持各自的叙述版本。鉴于写作机器人的惊人效率，我们或许还需发
137 明更为强大的技术，让人类证明他们自己不是机器人，从而在某些场合优先考虑人类传递的信息。

在政治层面，我们可能希望针对智能自动化的后果进行立法，尤其是在没有直接责任方的情况下。例如，一个旧的 AI 机器人“无意中”通过发送不必要的信息伤害儿

童，应被视同无人看守、置于公共街道的危险机器。当前的立法严重落后于技术进步。

再举一个与我工作领域相关的案例：大学教师几个世纪以来一直使用“结课论文”作为衡量学生表现的一种方式。一篇关于任何主题的优秀论文，尤其是在人文学科中，可以反映学生对材料的理解，超越了死记硬背（计算机科学中基于代码的作业也是如此）。一篇出色的论文能将课堂上学到的信息综合起来，产生新见解。然而，在当代，只需几篇公开的论文作为样本，学生便可访问在线服务系统，生成包含脚注与参考文献的全新文章。现今，程序员编写代码，有时仅需向AI代理发出指令。

在此书成稿之际，那些由人工智能生成的代码与文章段落已然获得了满意的评价。在过去几年的发展中，这项技术已从中等的C级提升到了稳定的B级水平。我们应该为一个新未来做准备，在其中，“写作者”和“编程者”无法独立创作哪怕一行文字或代码。

在未来，大多数学生很可能会使用AI支持的服务，以便提升他们的学术表现——如果他们现在还没有这么做的话：比如临时抱佛脚写论文，或为申请研究生去编写代替性的写作样本。也许他们应该这样做！正如现在的学问 138
已经离不开强大搜索引擎的帮助，未来没有自动化辅助的写作可能会显得有些过时。“机器学习”和“人类学习”的路径继续融合，在这个过程中，一些长期以来的教学假设正在动摇。

随着技术的发展，我在教学、布置作业和评分上的实践需要改变。也许我以前的错误在于一直将写作活动视为单一智力的产物。难道任何“原创”的贡献不也应遵循既定的规范模板吗？如果是这样，为什么我们不能让其中一些工作自动化呢？

设想一下，你在遇到柏拉图的一段深奥文字后，请求一个能模仿柏拉图风格的人工智能助手来阐明其中的要点，然后再根据这次对话来重新考虑和完善自己的思想。如果这个人工智能是基于“有史以来所有书写内容”进行训练的——当然，这需要附带一些必要的警告和注释——我们是否应该倡导使用它？我想和历史上的人物对话！谁会拒绝让已故的作者重新“活过来”回答问题的机会呢？想想看，“如果是爱因斯坦或杜波依斯遇到这个问题他们会怎么说？”。这样的思考实验特别有意思。机器的综合能力让这成为可能。

有重要的注意事项和警告事项么？

有很多。网络上的“所有文字”中，有些内容可能不值得重复引用。文本记录常常偏向某些声音，忽略了其他声音。一个被训练用来不断产生“相同内容”的机器，可能只会让现有的问题更加严重。就像其他生产方式一样，21 世纪的意义生产涉及一个复杂的网络，包括供应商、分销商、工具和中介，这些都远远超出了单个自然智力的规

模。同样，人工智能的制造也不能避免一系列常见的社会 139
问题，这些问题遍布政治光谱（从种族主义到传统价值观的消逝，任你挑选）。

此外，智力的覆盖并非全球均匀。你可以去问哈萨克斯坦的一位图书馆员：获取自己领域最新研究的成本是多少？因此，虽然一些学者获得资助，使用“所有已发布的科学文献”来训练机器人，但位于知识边缘的其他人则自愿手动扫描文档，建立了世界上最大的公共图书馆之一。在这里，“通用智能”——曾被写下的某些内容——最终被纳入全球能源资源的行列，成为争夺、殖民、提取、销售、购买、盗版、解放和耗竭的对象。

9　通用智能导向通俗智能

从伊本·赫勒敦时代到GPT的早期版本，在每一个发展阶段，我们常常发现，虽然技术关注点相对狭窄，但总是不经意地偏向于精神维度。随着最新的这波人工智能研究热潮逐渐平息，我不禁对这种非工具性的过剩产生了思考。

即使是最基础的文字机制，也具有立即带来愉悦的能力，正如孩子们仍然喜欢玩简单的折纸命运占卜器一样。现代机器的功能远不止于带来愉悦，它们预示着一些人眼中的新时代的到来。在伊本·赫勒敦之后，我问这台机器："你是现代科学还是古代科学?"希望能一窥神圣。但无论怎样设计提示或尝试多少次，永恒之子最多也就是重复一种企业套话式的答案：

140 作为一种人工智能语言模型，我代表了一种使用尖端机器学习和自然语言处理方法开发的当代智能形式。

我的目的是在广泛的话题上提供帮助和洞见，这些话题源于我广泛的知识库，涵盖了古代和现代的信息。

虽然我是一种现代智能，但我对古代文化、历史和哲学有深入的了解，使我能就从古至今的主题提供平衡且有洞察力的观点。

我能参与关于著名思想家、文明和历史事件的对话，同时适应不断演变的当代知识领域，使我成为一个多功能且有价值的资源，用于解决各种问题和讨论。

即使与其中世纪的更为神秘的前身相比，这也是一个宏大而令人不满意的答案。

作为一个研究人工智能和智能发展史的人，我知道当前对新技术的热情终将消退，被那些投机者和预言家的闹剧淡化。最后留下的东西会更实在，也更重要。

从人类整体智力成就的角度看，这样的大型语言模型

建立在公共档案馆、图书馆和百科全书的基础之上，里面
汇聚了无数作者的协作成果。它们合成的声音让我着迷，
但并不是因为它们通常所说的内容，而是因为，我听到它
对我自己一直坚持的关于作者权和创造性的想法提出了挑
战。我在这里写了什么有意义的东西吗？写了什么有价值
的东西吗？不应将任何大型数学模型误认为是预言或治 141
疗。价值观是随着时间的推移通过深思熟虑和共识形成
的。然而，当我们将语法主体权让渡给“人工智能”
时——将其视为一个单一的伦理主体——我们失去了自己
作为一个集体、政治主体的感觉。对一台“智能”冰箱讲
伦理是没有意义的。文学和对话智能之所以令人赞叹，是
因为它能促进人类跨时间和空间的沟通。但要在人类之间
找到一种共同语言向来不容易。我们人类有时候真能成为
可怕又暴力的生物。但更厉害的是，我们人类能有梦，还
能一起努力追求一个共同的目标。留下的那么多文学作品
和编程数据，就是这种创造力的证明。从这些东西中涌现
出来的，不是什么神秘的智能特质，而是合作——当它运
转良好之时，既神妙奇异，又令人心满意足。

索　引*

* 索引页码为原书页码，即本书页边码。

译后记

人工智能史前史与文学变身记

人文学者迷恋书，纸质的、可堆叠的、可触摸的书，也往往拥有庞大的书架和丰富的藏书，书架上摆放着古今文学经典、哲学原典、史料汇编，这既是研究的需要，也是生活的情趣。晨光熹微，徜徉其间，会产生一种飘飘然的满足感，伴随以沉甸甸的占有感。

对我而言，有些书已变成电脑里存储的大量电子论文、数据和资料库，文件夹中陈列着许多人工智能领域的经典论文，数字化的、可复制的、可压缩的文档，如图灵的《计算机器与智能》（“Computing Machinery and Intelligence”）、香农的《通信的数学理论》（“A Mathematical Theory of Communication”）、辛顿等人的《通过误差反向传播学习表征》（“Learning Representations by Back-Propagating Errors”）、瓦斯瓦尼等人的《注意力机制就是一切》（“Attention Is All You Need”）等。夜深人静，浏览时，检索时，归档时，会有种飘飘然的赛博朋克感，或沉甸甸的克苏鲁感。我尝试用自己并不专业的计算机知识和网络科普去破解这些资料，偶有所得便非常愉悦，豁然开朗时更是会欣喜若狂。

当然，与我本专业更相关的，还存储着许多人文主义对技术的批判文本，如海德格尔的著名文章《世界图像的时代》，通常也收录于文集《林中路》（*Holzwege*）中，塞尔在《心灵、大脑与程序》（*Minds*，*Brains*，*and Programs*）中阐述的“中文房间”思想实验，再如法兰克福学派的经典技术批判文本，如霍克海默和阿多诺合著的《启蒙辩证法》（*Dialektik der Aufklärung*）……有些书中还附有我曾经的阅读笔记，字里行间充满了少年时代的“中二”气质，似乎要与技术带来的现代社会的异化决一死战。但如今，它们都是编码为数据的数据库版本，供我检索与研究。

这些书复习起来相对容易，但奇怪的是，它们带给我的狂喜和激情已经减少了，更多的是再次阅读时伴随的忐忑与无奈。

这勾勒出了这个时代人文学者的情绪状况——面对 AI 时，内心的情绪宇宙已经波诡云谲，爱与恨，热情与绝望，追慕与冷漠，拒绝与接纳，热情如朝圣者仰望新神，绝望如守夜人目睹黄昏。人文学者的情绪宇宙被这个“不速之客”搅乱了。

历史上有过许多科技与人文融合的案例，科学助力人文者有之，人文批判科技者有之，但鲜有一个时代，它们能如此大规模地绑定、耦合、影响、交融，成为每个人不得不面对的话题。

在这样的背景下，该如何沟通人文与科技？又该如何面向学界与公众，写一本与AI相关的书？

市面上已经有许多读物，有原创的，也有近年来被译为中文的作品，它们都很好读，也富有启发。

第一种是科普读物，着重将最小二乘法（Least Squares Method）、反向传播（Back-Propagation）、梯度下降（Gradient Descent）、深度学习（Deep Learning）等概念普及给大众。第二种是历史读物，这些书会讲述20世纪的AI发展史，尤其是20世纪中叶以后的历史，因为颇有戏剧性——AI迎来热潮，又走向寒冬，又迎来高峰。我们也可称之为“八卦”读物，因为书里也会讲达特茅斯会议以来麦卡锡、司马贺、香农等人的生平经历，麦卡洛克与维纳的矛盾，明斯基与科幻电影的互动，德雷福斯与早期科学家的争论，等等。第三种是批判读物，20世纪人文学科话语膨胀，诞生了大量思想概念，或许曾经的争辩中，欧陆哲学与英美哲学分野，结构主义与存在主义互斥，但此刻，兄弟阋于墙，外御其侮，这些用来批判大众文化、文学文本的工具，都可以用来反思和批判AI。第四种类型姑且称之为“伦理反思”读物。若脱离书籍市场观察学术论文，除算法类之外，数量最多的就是伦理反思类文章。这些反思来自科学家、哲学家、企业家、法学家，甚至跨学科合作团队，多围绕智能驾驶、算法正义、数据隐私等话题。

在上述四种之外，我一直觉得还缺少一些视角。第一，除了“科普”，也该有“文普”。AI涉及的语言学问题并非从乔姆斯基才开始，而是一个古老的文学问题、哲学问题、文化问题。第二，20世纪的历史之外，也该有史前史。我们可以勾画人类从古至今的机器写作实践：从占卜巫术到剧本工厂，从差分机到航空公司……梳理机器语言能力的演化谱系，刻画人类深刻的自动写作的冲动，也标识出那些伟大人物之间的网络连接。

这种写作对作者的视野、史料的掌握、观念的先锋性都有很高要求。而本书的作者丹尼斯·易·特南（Denis Yi Tenen）正是一个合适的人选。大约两年前，清华大学教育研究院的钟周老师和周邦威博士邀请他线上交流，作为人文学者的他，展示了如何综合运用统计工具来研究语言、写作等问题。人文学院的李飞跃老师等校内外师生与他展开深入对话，我也参与其中。后来，三联书店的李佳女士发现了这本书的网络信息，知道我也从事类似研究，且对相关话题感兴趣，便让我参谋。之后，东方出版中心的陈哲泓老师对此产生浓厚兴趣，最终力促本书出版。

经过翻译过程中反复的阅读，我认为本书的亮点主要有三。

其一，大量中文世界中罕见史料的整合与汇总。作者从早期神秘的技术装置谈起，一直讲到近代的普遍文字理念，从诸多自动机器的发明，讲到好莱坞故事工厂，再到奇才巴贝奇、莱布尼茨及其他文理兼通的同时代人。在作者的叙述中，一部人类追求自动语言机器的画卷徐徐展开。对于研究者而言，它绘制了一幅研究地图，为研究机器写作历史但苦于不知从何入手的朋友提供初步指引。对于普通读者而言，它展现了文化史中许多名人的另一个侧面。当然，由于涉及大量人名、书名、机器名，译者的工作难免仍有疏漏，或某些译法未能完全符合学科规范。不妥之处，敬请读者朋友批评指正。

其二，围绕“劳动”的独特哲学反思。人工智能写作涉及许多哲学话题，例如人的意识、主体性、创造力问题，社会的算法正义、信息伪造、隐私侵犯问题，自然科学研究范式的转变、大数据的黑箱、涌现与还原论问题等。本书作者直击要害，抓住“劳动”这一概念深入阐发，认为人工智能写作是人类集体劳动的新形式。在人工智能出现之前，写作者其实也在图书馆、资料库、笔记、他人书籍、编辑校对、学术研讨等的基础上进行创作，只不过署名权归于作者本人，仿佛作者是万能的上帝。而人工智能则突出了人类劳动的协作性质，尤其是写作这一语言文字工作的协作性质。对此，本书多有妙语，等待读者自行发现。

其三，通俗、流畅而略带讽刺的文笔。本书文风友好，有时作者会刻意使用口语化、网络论坛化的表达，这或许是他大量浏览计算机、编程类论坛的结果（这一点我感同身受）。因此，在翻译时，我也尝试让语言中某些表达的短句更多、碎片感更强。而当追溯历史情境，涉及历史上的文人、思想家、科学家时，作者又会故作典雅状。对此，我也尽力模仿，但由于从小不擅长“故作典雅”，或许会戏仿得不伦不类，敬请读者批评指正。

这本书提供的大量有趣材料，也激发了我强烈的对话冲动。首先，本书反思劳动的视角基于文学史，而马克思主义政治经济学对劳动问题的反思显然值得探讨。在人工智能写作中，谁在做数据标注？谁在设计算法模型？哪些语料被采用？哪些语料被禁止？谁在用它辅助写诗和论文？谁在用它进行办公辅助？谁因为信息差还在使用古老的办公工具？这些问题都非常重要，值得进一步深思。其次，本书的梳理止步于马尔可夫、香农等人对概率的探索，可概率模型既是终点，也是起点。当然，这或许是作者有意为之，因为市面上描绘从符号模型到深度学习这一转变的书籍和文章已经很多了。

当然，对于一本小书而言，上述种种更多的是苛求。大多数学术批评有种奇怪的底层逻辑，例如批评苹果为什么不是橘子，红苹果为什么不是绿苹果，或许我对这本书的几点遗憾也是如此。

这本小书适合各类读者阅读。对于熟悉符号模型到概率模型的科学家朋友，可以看到更早的自动语言机器的演化路径；对于关注莱布尼茨、赫勒敦、珂雪的人文学者，可以了解他们人生的另一面；对于研究结构主义叙事学、数据库叙事、大众文化叙事模式的朋友，可以看到杂志时代的欧美小说工厂和大量写作指南这一史前史；对于研究或讲授写作的朋友，则可以了解到机器写作的解放与束缚的精彩故事。

如今，很多人每天都会和 AI 互动，问它好多问题，这不禁让我想到莎士比亚的一句话："愚者自谓智，智者自知愚。"（The fool doth think he is wise, but the wise man knows himself to be a fool）如今当你问各种 AI 工具："你能替代人类吗?"它肯定会说："不能。"AI 真聪明！你再问人类："AI 会替代你吗?"人类肯定也会说："不会。"人类也真聪明。

到底谁更聪明，还需交由未来决断。而"聪明"（智能，intelligence）这个词，肯定会引发持续的思考与考古。对于未来的中文思想者而言，这本小书便是这一过程中的一个有趣且有料的驿站。愿读者朋友们能恰到好处地"愚钝"，也能恰到好处地"聪明"。

耿弘明

2025 年 5 月 30 日

内容简介

在 AI 写作工具层出不穷的今天，我们已逐渐习惯将文本交由机器生成。但“机器写作”真的是一场突如其来的技术奇袭吗？

在这部风趣且洞见迭出的著作中，作者带我们回望那段被历史尘封的写作演化史：从中世纪阿拉伯人用轮盘式图表生成神秘预言，到 19 世纪埃达·洛夫莱斯设想让机器“操作符号”；从好莱坞剧作家借助生成器批量预制情节，到依赖概率运作的拼写检查器……我们终将发现，所谓“人工智能写作”，其实是人类数百年来技术接力的延续。

作者简介

丹尼斯·伊·特南，哥伦比亚大学英语与比较文学系副教授、哥伦比亚大学数据科学研究所研究员，曾任微软公司软件工程师。

译者简介

耿弘明，清华大学写作与沟通教学中心讲师，研究方向为西方文论、技术哲学、批判性思维与写作教育。

图书在版编目（CIP）数据

机器如何学会写作：给人工智能的文学理论 /（美）丹尼斯·伊·特南著；耿弘明译. -- 上海：东方出版中心，2025. 4. -- ISBN 978-7-5473-2705-0

Ⅰ. I04-39

中国国家版本馆CIP数据核字第2025Q93B58号

机器如何学会写作：给人工智能的文学理论

著　　者　[美]丹尼斯·伊·特南
译　　者　耿弘明
责任编辑　陈哲泓　时方圆
装帧设计　钟　颖

出 版 人　陈义望
出版发行　东方出版中心
地　　址　上海市仙霞路345号
邮政编码　200336
电　　话　021-62417400
印 刷 者　上海万卷印刷股份有限公司

开　　本　890mm×1240mm　1/32
印　　张　6
字　　数　105千字
版　　次　2025年6月第1版
印　　次　2025年6月第1次印刷
定　　价　59.80元